远去的铃铛

中国首个文学之乡农人文苑诗集

张旭东 ——

著

黄河出版传媒集团
阳光出版社

图书在版编目（CIP）数据

远去的铃铛 / 张旭东著. -- 银川：阳光出版社，2023.12

（中国首个文学之乡农人文苑诗集）

ISBN 978-7-5525-7146-2

Ⅰ.①远… Ⅱ.①张… Ⅲ.①诗集－中国－当代 Ⅳ.①I227

中国国家版本馆CIP数据核字(2023)第243302号

远去的铃铛

张旭东　著

责任编辑	赵　倩　申　佳
封面设计	晨　皓
责任印制	岳建宁

黄河出版传媒集团
阳　光　出　版　社　出版发行

出 版 人　薛文斌
地　　址　宁夏银川市北京东路139号出版大厦 （750001）
网　　址　http://www.ygchbs.com
网上书店　http://shop129132959.taobao.com
电子信箱　yangguangchubanshe@163.com
邮购电话　0951-5047283
经　　销　全国新华书店
印刷装订　宁夏凤鸣彩印广告有限公司
印刷委托书号　（宁）0027956

开　　本　880 mm×1230 mm　1/32
印　　张　7.5
字　　数　120千字
版　　次　2023年12月第1版
印　　次　2024年1月第1次印刷
书　　号　ISBN 978-7-5525-7146-2
定　　价　48.00元

文学之乡，用写作赞美岁月和大地

郭文斌

中国作协主席铁凝说："文学不仅是西吉这块土地上生长最好的庄稼，西吉也应该是中国文学最宝贵的一个粮仓。"铁凝主席讲的这个西吉，就是生我养我的故乡。它位于宁夏南部山区，曾经是"苦甲天下"的地方，近年来却以"文学之乡"闻名天下。

文学之于西吉人，就像五谷和土豆，不可或缺。

成百上千的泥腿子作家，白天在田里播种，晚上在灯下耕耘。

"耐得住寂寞，头顶纯净天空，就有诗句涌现在脑海；守得住清贫，脚踏厚重大地，就有情感激荡在心底。在这里，文学之花处处盛开，芬芳灿烂；在这里，文学是最好的庄稼。"2011年10月10日，中国首个"文学之乡"落户西吉。中国作家协会、中华文学基金会的授牌词这样赞美西吉。

2016年5月13日，中国作协"文学照亮生活"全民公益大讲堂在西吉启动。中国作协主席铁凝开讲第一课。课后，她去看望几位农民作家，当她听到他们以文字为嘉禾、视文学为生命的讲述后，我看到她的眼里含着泪水。

2021年12月22日，在中国首个"文学之乡"命名10周年系列活动中，西吉文学馆开馆，成为将台堡红军会师纪念碑之后，西吉最有吸引力的文化地标，也成为涵养西吉人文精神的一眼清泉。从中，人们看到西吉全县有1300余人长期从事文学创作，他们中有中国作协会员21人、宁夏作协会员70余人。西吉籍作家先后获得茅盾文学奖提名、鲁迅文学奖、全国少数民族文学创作骏马奖、"五个一工程"奖等国家级文学大奖6次，获得人民文学奖、冰心散文奖、春天文学奖等全国性文学大奖近40次，省市级文学奖项近50次。据不完全统计，目前西吉籍作家、诗人已有60余人出版了个人专著，100余人次作品选入全国性作品集。

2023年5月8日，中国作协党组书记、副主席、书记处书记张宏森率中国作协调研组来宁夏，到西吉看望农民作家，视察文学馆，同样对西吉文学给予高度评价，寄予殷切希望。

西吉之所以能够成为全国第一个"文学之乡"，之所以涌现出这么多作家诗人，缘于宁夏党委、政府和有关部门重视文学的大气候，缘于西吉县独特的文化土壤和传统，缘于前辈们的热心哺育和尽心培养，缘于写作者互相欣赏、互相激励、抱团取暖的文学风气，缘于《六盘山》《朔方》《黄河文学》等报刊的有力引导，更缘于历届县委、县政府和有关部门一以贯之的扶持。西吉县文联的办公条件、人员编制、办刊经费，在全国县级文联中都是少见的。西吉县的父母官们大多崇尚文学、热爱文艺、疼爱作家、关心诗人。他们多次参加文学活动，鼓励大家创作；多次到困难作家家中走访，帮助他们解决创作困难。

在中国首个"文学之乡"命名 10 周年系列活动中，县委主要领导在座谈会上对文学经典倒背如流，这对作家们的激励是可以想见的。特别值得一提的是，在这次活动中，县委、县政府除了给西吉籍成名作家授牌，还对全县在校高中生中的文学苗子给予表彰奖励，开河续流，击鼓传花，用心良苦。这次活动之后，县委、县政府出台了许多推动文艺繁荣的措施，比如文学古迹保护、文学作品集成等。让我爱不释手的《中国首个文学之乡农人文苑诗集》（五册）就是其中之一。

文学馆开馆之后，每年夏天，县上都要在"红军寨"举办"文学之乡"夏令营。县委分管领导每年都要作开营讲话，还让主办单位画了一张中国地图，把营员的省份标出来。我们欣喜地看到，除了港澳台和西藏，其余省份都有营员参加过夏令营。在2022年的夏令营开幕式上，当我把铁凝主席签赠给西吉文学馆的两部著作交给县上领导，讲述了中国作协对西吉文学的厚爱时，台下响起经久不息的掌声。

良种生沃土，幼苗逢甘霖。

培养成气候，激励成气象。

在此，单说农民作家和诗人。

之前，农民作家的合集《就恋这把土》读得我鼻子一阵阵发酸。最近，以农民诗人为重头戏的五卷本《中国首个文学之乡农人文苑诗集》（五册）更是让我泪湿衣襟。如饥似渴地读着24位农民诗人的作品，让我对生我养我的这片土地爱得更加深沉。我仿佛看到一株株从泥土中生长出来的庄稼，经历萌芽、初叶、开花、结果，那么清新、那么鲜活，从碧绿到熟黄，令人兴奋、令人欣喜。

四月的花儿自顾自开着 / 奔放的骨骼 / 舒展神性的美 // 谁唱词惊艳 / 成为四月的绝版 / 花草生动，鸟声婉转 // 牧羊人用自己的一生 / 放牧了无数个春天 / 四月，我一再地叩问自己 / 如果是一株草 / 就竖起自己骨骼 // 如果是一朵花 / 就开出自己的色彩（王敏茜《四月物语》）

八月的土豆就是娘亲 / 你的子孙掏空了村庄 / 把炊烟挂上了树梢 / 追逐城里散漫的流光 / 只是在这个夜里 / 谁喊我的乳名（胥劲军《土豆熟了》）

镢头铲子征服了山坡 / 糜谷运转腹径 / 燕麦沟有水有地 / 打通了南里的姑舅姊妹 / 日子把日子垒起来（李成山《燕麦沟记忆》）

山村是庄稼汉的额头 / 经岁月的雨季流成小河 / 那多愁善感的皱纹 / 记载着他们的痛苦和欢乐 / 夕阳剪出弓形的背影 / 身后撒满被晚霞染

得金灿灿的土豆／红太阳，绿庄稼／给画家展示
一幅迷人的画卷／给诗人展示一幅醉人的图案
（王晓云《庄稼汉》）

这是诗行里的岁月和大地。

诗人笔下的岁月，岁月笔下的诗人，在这片名叫西
吉的土地上，深情牵手了。

我感喟与你相遇／我知道／夏花没有秋的
圆实／春天的一粒种子／荡起了旱塬上的涟漪／
我用情、用心／培育你的神奇（冯进珍《土豆》）

一朵山菊花／开在山顶／享受太阳的爱抚／
它微笑着向山下观望／／我久久地对视着它／喜
欢它的纯洁／风霜中还是那么明亮（冯进珍《山
菊花》）

笔下记载了沧桑／像长满了褶皱的娃娃脸／
想用化妆品装饰／笔里却没了墨／／幸好我有辆
轮椅／能追寻勃然的装饰品／安静地坐在大自然

里／涂擦风的温柔／浩瀚的山野似席梦思床头／躺卧，仰望无际的星海／天马行空地勾勒世间美好（马骏《笔墨与生活》）

乡愁是父亲跟在牛后的那把犁／母亲犁沟撒籽的那双手／／乡愁是母亲和风箱的弹奏曲／煤油灯下的千层鞋／／乡愁是门前的老井／屋后的老树／是山上的盘盘路／山下那条弯弯的小河／／无论我身处何方／乡愁永不褪色（单小花《乡愁》）

诗人笔下的风物，风物中的诗人，在这片名叫西吉的土地上，深情拥抱了。

这就是我可亲可敬的故乡上沉浸在耕读生活中的农民诗人。一手拿着锄头，一手握着钢笔；一面对着土地，一面对着稿纸；汗珠浇灌的土地上，生长出来的不只是绿油油的庄稼，还有沾着泥土、挂着露珠的诗行。他们扎根故土，坚守田园，以笔做犁，以诗为餐，吟诵生命，歌唱生活，不问功利，谢绝世俗，干净而纯粹地写作，把劳动变成审美，把岁月过出诗意。

是他们，让"文学之乡"有了新的含义，也让我对"生活"和"人民"有了新的思考。相对于需要专门"扎根人民、扎根生活"的专业作家来讲，他们本身就在生活里，从这个意义上讲，他们是幸运的。

他们的书写，也是对故乡最好的代言。从中，我欣喜地看到，我亲爱的故乡，那个"苦甲天下"的故乡，业已变成一块山青水绿、"吉祥如意"的"西部福地"，人们除了追求生活富裕，更追求精神富足。

他们不像20世纪五六十年代出生的西海固作家那样，普遍把苦难作为书写主题。他们讴歌祖国和人民，赞美岁月和大地，礼敬劳动和奉献，描绘幸福和诗意。

目 录
CONTENTS

诗意远方

半世诗缘 / 003

堡子 / 004

场院里的碌碡 / 005

创业路上 / 007

春天，我以诗为名（组诗）/ 008

春之畅想 / 010

从明天起，我要做一个简单而

幸福的人 / 012

登临我的诗歌高地（组诗）/ 014

等待 / 017

读史诗意 / 018

读一个人的诗 / 019

多年后，谁再喊我乳名 / 020

风从故乡来（组诗）/ 022

故乡的泥土 / 025

关于诗歌 / 026

罐罐茶 / 028

好一场倒春寒 / 030

葫芦河 / 031

花儿 / 033

黄土魂（一）/ 034

黄土魂（二）/ 035

回故乡 / 036

记忆中的老房子 / 038

家乡的河 / 040

敬畏，从一滴水开始 / 041

爷爷肩上的镢头和铁锨 / 043

一把乡土 / 044

一场透雨 / 045

一根扁担 / 046

在高原，我不是过客 / 047

在书院（组诗） / 048

唯美乡愁

老家的架子车 / 053

老家的情结 / 054

老宅旧院 / 055

老庄的那件风匣 / 056

镰刀与岁月 / 058

山里的父亲 / 060

塬上的婆姨 / 062

六盘山，诗人不死 / 064

耧 / 066

辘轳从岁月里走过 / 067

那些农具 / 068

泥土扯住故乡的衣襟 / 069

孩子，你终于回来了 / 071

为贺兰雪景作 / 073

吟雪词 / 074

致《农人文苑》 / 076

写给大山哥哥 / 078

掐首蓿芽的小姑娘 / 080

山下 / 081

石磨 / 082

驻村随想（组诗） / 083

芳菲四月春意浓 / 088

我和我的牧羊姑娘 / 090

我忘记故乡忧伤的炊烟 / 092

我找到了故乡的味道 / 093

一个村庄没有炊烟却精神永存

（组诗） / 094

西域之行（组诗） / 096

乡愁 / 100

乡村的早晨 / 101

兴平梁上的桃花开了 / 102

雪落杨湾村 / 103

羊把式哥哥 / 105

一碗浆水面 / 107

大山深处（组诗） / 109

情怀写意

某个清晨 / 117

梦境 / 118

梦醒，独坐杨湾 / 119

呢喃的生命之语 / 120

娘 / 122

恰似人间四月天 / 124

秋韵 / 126

诗人的情怀 / 128

诗人诗语 / 130

诗与故乡 / 131

时光 / 132

四月，怎能辜负桃花芬芳馥郁 / 133

随心所向 / 135

坦荡 / 136

内心的马 / 137

冬天的风 / 138

散步 / 140

听闻远方有你 / 141

万物懂得相互珍惜 / 142

我的诗意王国 / 143

我们拥有什么 / 144

我在秋天等你 / 146

习惯在纸上奔跑 / 148

虚无之美 / 149

许一份阳光明媚 / 150

夜晚如此静谧 / 151

一个奔跑的清晨 / 152

一叶知秋 / 153

一种幻觉（组诗） / 154

山里的风 / 156

遇见你，许我一生灿烂 / 157

远方有路，诗意盎然 / 158

阅读我的村庄 / 159

致我最可爱的女儿 / 160

自我修复 / 163

走笔二十段（组诗）/ 164

坐在崖畔上遐想 / 173

西部放歌

悲壮行走 / 177

一首歌谣 / 179

单家集夜话 / 181

红色史诗 / 183

滥泥河风 / 186

在阳光灿烂的日子里读史 / 188

仰望六盘山 / 189

一首赞歌 / 191

这里是马建（外一首）/ 192

六盘风 / 196

心扉 / 198

宁静地唱咏（组诗）/ 200

西海固的风（组诗）/ 204

六盘古道铁流滚滚 / 206

诗意之歌 / 207

最美人间四月天（组诗）/ 208

忆敦煌 / 216

附录

孤独一剑傲江湖　马永珍 / 218

后记 / 223

诗意远方

　　一首好作品，给人以美的享受，给人以健康有益、积极向上的精神享受。美好的容颜叫人眼前一亮，丰盈的心灵叫人经久不忘。好诗使人开窍，使人动情，使人解忧，使人神游。"诗意远方"所选的篇目，诗人把血肉亲情定格，此后的夜晚，魂牵梦绕与不改初心，在起起落落中，在纠缠不清中，一遍一遍地重复着不同的景致。意到笔随，轻巧灵动，信手拈来，娓娓道来，诗情毫无阻碍地从胸中流淌于笔端。

半世诗缘

在缘分的路口
邂逅一场盛大的遇见
每位诗人
心与心之间相通

我期望文字如小溪淙淙流淌
字里行间，海浪澎湃
诗丛中溢出野花的芳香
一如露珠
溅落于晨曦万千草叶
清新扑面

我挽起裤管在白山黑水间行走
只为许你半世诗缘
一洼碧绿的春天
在风中徐徐

堡子

坐落在王民的疙瘩梁峁上
一座黄土堆砌的四方堡
很多年了
静静地，见证着
人情世故，成败兴衰

斑驳墙体的记忆里
盗匪的马蹄将平静的夜色踏碎
厚实的胸怀安抚过一村的惊惧
岁月的年轮在风雨中
考究着一个传说

伫立王民堡
一只老鹰掠过
一个凄苦的故事
随风入耳

场院里的碌碡

老牛口吐白沫
从清晨到黄昏厮磨着五谷
拽着沉甸甸的碌碡
吱吱扭扭叫唤着绕着圈儿
一步一步，缓缓地重复

儿时的梦里
村落的大场上
一首古老的歌谣在传唱
一代一代睿智的父辈们
在那片土地上耕种、收割

患难与共的兄弟莫过于碌碡
放肆地从五谷杂粮的身上
碾过天空，天空铺满了星星
碾过河流，河流扬起了浪花
碾过乡愁，故事辛酸沧桑
老人们都说，那些年真把苦下了

此刻
它以一块石头的沉默

隐身于场院边的草丛之中

无怨无悔

创业路上

电闪雷鸣的激烈程度
决定着你的未来
一夜风雨过后，红日高照
心酸和泪水是前行的标配
向往风雨过后变成彩虹

身心一道，神行不分
前方的路，有风霜，也有雷霆
未来的路，有阳光，更有彩虹
跌倒了，热血瞬间被冷雨冲走
站直身躯，坚定地继续前行

春天，我以诗为名（组诗）

一

春天，以诗之名
四季里轮回
淡淡的星辉中
一个梦走进另一个梦
一颗心依偎另一颗心

春天，以诗之名
我低眉写诗
我把生活藏在心里
我把命运嚼在嘴里
我把缘分揽入怀里
我以木兰舟为床
我以蓝天为帐
解读一朵花的未来，心存暖阳
不管未来的日子多么遥远
哪怕世界冰冷对我
我依旧以诗之名
暖心如初

二

春天里，心向自然
鸟儿的歌声清脆而沁人心脾
倾听者满怀希望
憧憬诗与远方

桃花，梨花，由南向北
呼啸着，盛开在情人的眼睛里
或许有一天，我会渐渐老去
以最古老的方式，归入尘土

似乎所有的过往都为了迎接此刻
似乎新的呼吸里，爱的风帆正扬出好看的弧度
我期望生命的火花璀璨如繁星
也奢望孤独的尽头可以绽放希冀
繁华散尽，细数流年
一本书，一盏茶，一缕光
归于恬静，心向自然

春之畅想

当冬末最后的阴冷滑过指尖
一丝春风低吟浅唱着
撑起久违的风情大地
于是，春姑娘展露热情
竞相在空气中吐露或浓或淡的芳香

这是一个年轮中最初的生之欢乐
把苦辣酸甜写进诗行，耙碎土块，合平犁沟
田间老黄牛低沉的声音伴着父亲的咳嗽声
一声一声，牵动着乡村的一草一木一砖一瓦
想着这些时光，我仿佛一个人跑到乡村野外
闻到艾草的香味，内心跌宕

我必须屏住呼吸，才能无限接近
湛蓝的天空，锃亮的云朵
一群牛羊，一眼泉水的欢笑
热切期待大地芬芳酿造一壶老酒，畅谈人生
然后用茶壶煮一杯过往
让自己的经历紧跟季节的脚步
谱成华丽的乐章

春天的一个下午，我走进自然的怀抱
尽情地呼吸新鲜的空气
让温暖的气息在血管里奔腾
青春的欢愉，此刻和希望一起生出枝叶

从明天起，我要做一个简单而幸福的人

从明天起，我要做一个简单而幸福的人
不再熬夜，不再神伤，把脚步交给泥土
不再执着，不再等待，把耳朵交给鸟鸣
无牵无挂，把鼻子交给鲜花
无欲无求，把双手交给向日葵

从明天起，我要做一个简单而幸福的人
开始忘记记忆，把眼睛交给黎明与黄昏
开始和悲伤分手，把理想交给太阳和月亮
开始喜欢寂静，把善良交给每一个陌生人

从明天起，我要做一个简单而幸福的人
开始喜欢充满烟火气息的早晨
让思想在自由中神游
爱上每一顿热气腾腾的饭菜
爱上每一天快快乐乐的时光
爱上每一次和家人团聚的日子

从明天起，我要做一个简单而幸福的人
忘掉过去所有的忧伤
与我的爱人一道开心地歌唱

书房里铺开一张宣纸
让诗香春秋，墨染冬夏

此刻起，我就是一个简单而幸福的人
挎一个背包，骑一辆单车
山中的泉水叮咚而来
清新而旷古，恬淡也释然

登临我的诗歌高地（组诗）

一

风儿轻轻对我说，她要吹走我心上那座孤岛
带走天边一朵云彩让云儿独守蓝天
风儿对我心语，心口间五味杂陈
因为爱，亲手植一棵大树在诗歌高山之顶
风儿对我低语，抹不去的记忆
留住所想，留住心结

二

我在文字里取暖
我与前世有缘，在今生有爱
诗歌是人生境界的升华
诗歌是智慧的源泉
因爱花开不败

挂了心锁的广寒宫不再寒心
不再为雁儿离去伤感
时常心中多诗意
诗歌让心有所寄托

秋冬春夏四季繁华留住

在诗歌的沃土上

肯定能嗅到文字的芳香

三

我以匍匐的姿势，紧贴着地的心脏

到处开满心血培育的花

姹紫嫣红的春天

让风从文字的罅隙穿过

让心灵处处充满智慧和阳光

我在每一朵花上停歇

吮吸着玫瑰一样的甜蜜

在每一片叶上

寻找墨色晕染的人生

四

那些敞开的是智慧，是心灵

然后消失得无影无踪

唯有自己的高地可以亲近

最后光临自己的高地

虔诚是我唯一的态度
那些动听的字符是一种成熟的诗
粒粒果实，紧紧包裹

等待

天空的摇篮，盛放着山坡与树林
农事催醒季节，吆喝擦亮犁耙
春耕，夏耘，秋收，冬藏

时值晚春，万物皆有意萌发
很多事物从手中滑落，
花草、道路、时间和天空，都是我的良师
我在等待诗意破茧而出

云被风赶着，羊被草赶着
行走的人被影子赶着

读史诗意

各种文字堆叠
用时间串接
气势宏伟的场景，或激昂低转
壮怀激烈的画面，或长歌当哭
繁花似锦的盛世，或凝重曲折
哀鸿遍野的战乱，或可歌可泣

情真景美，动人心魄若尘埃一般
别出心裁，写出新意若堆积起云烟
灵心妙舌，似有似无若飘雪一样素裹着万千人间
狂能上天，怨思填海绘就一幅幅惊心动魄的画卷

读一个人的诗

看得见山，积雪覆盖
听得见风，柳枝摇曳
低处的田野，野花凌乱
一个人的气息
蝴蝶在诗句里
再一次得到重生

我的右手，总先于左手
打开时间的经卷
我的右眼，生出无限欢喜
左眼突然涌出泪水

多年后，谁再喊我乳名

能在人海中喊我乳名的人
当下已越来越少

每一场细雨都是躲不过的疼痛
每一朵落花都是挡不住的叫喊
每一株野草都是抹不平的刀痕
远方和期望越来越陌生

只一声轻轻的低唤
我就从田间那条熟悉的泥土小道向家跑
跑过树林，跑过池塘，跑过场院
将黄昏跑出炊烟，将村庄跑出亲情

一声乳名
唤醒了一江春水
唤醒了久违的春天
喊我乳名的人亲切纯真
是一种，最憨厚朴质的乡音
麦苗抽穗扬花，被阳光和雨水呵护
并茂盛地长出新的渴望

乳名是故乡留存在我身上的胎记
在我骨髓里，日夜流淌着庄稼的汁液
世间的风翻不过岁月的门槛
乳名是一条回家的路

能在人海中叫出我乳名的人
都是我的亲人，为什么这一刻
我满眼泪水，多年后
谁再喊我乳名

风从故乡来（组诗）

一

风从故乡来，带着久远的呼唤
我听到玉米拔节的声音，瓜蔓疯长的呓语
听到母亲村口唤儿回家的声音
被一只没有午睡的鸟儿领着
越过大片田地，穿过树林，顺着城市的街道
越过花坛，来到我寄宿的小区，在我耳边轻轻环绕

这么多年了，我从心灵到肉体
从亲情、乡情和友情到卑微石头
从山峦田野和河流森林到渠水哗哗流向菜园
岁月开始收割我成长的过程

二

风从故乡来，带着久远的呼唤
乡谣又重新唱起，声声切切
尘封的心湿透了六月的荷香
家乡泥土的腥味，清新润肺
田野的麦穗金灿灿

坡上的山花红艳艳

给自己一个与往事独处的机会
看见一行脚印，正一步步靠近
我想，自己要走的方向是否正确
不然我的生活如此艰辛
有多少遇见被飘忽的眼神错过
有多少深情的回眸被潦草的路径荒芜
一捧酸楚的独白连同自己一起留在了昨天

三

风从故乡来，传递着袅袅上升的炊烟
檐下的燕语，唤着乳名
一湖窖藏的往昔像一封家信
被时空从思绪投送进来
只有故乡的风，才有这样的力量
希冀明媚的阳光驱散所有阴霾
每个角落走出那段融化冰冻的时光历史
新雨初霁，浮躁的心在文字里渐渐沉静
那就借我一盏茶的时间吧，我要展开整个春天

四

风从故乡来，吹过我的身体吹走我的心酸
站在阴影里，看着从阳光走向阴影的人们
我不会诉说苦痛，我的故事已经在人群中蔓延
总有些滥竽充数的人在各种社交平台高谈阔论
还是认真聆听一次大地的声音吧
推开这道尘封已久的门
风吹过，让心透透气
回忆昨天的自己，数着年轮和过往
远方苍茫，一听就暖的乡音萦绕耳畔
一弯新月挂在村边河畔的古柳上
诗行远方，让我诉说这久远的情怀

故乡的泥土

捧一把故乡喷香的泥土，紧紧地贴在胸脯
那里有父亲滴落的汗水
那里有母亲操劳的辛酸
那里有玩伴们的欢歌笑语
还有日落西山村落的袅袅炊烟

捧一把故乡喷香的泥土，紧紧地贴在胸脯
那里有崖畔、小溪、河流
那里有麦浪、草丛、羊群
那里有草根的气息、田野的芬芳
还有一望无际的苜蓿地

我如同一枚飘零的叶，渐行渐远
长长的思绪，空荡荡的心田
攥紧一包故乡的泥土，贴近胸口
慰藉漂泊的灵魂
此刻，惆怅如山涧的雾搅动每一寸神经

故乡的泥土就是一本书
需要一生的时间去阅读、去感悟

关于诗歌

诗歌是什么
我会很坦诚地告诉你
那是心里的歌，是骨头和血液

人除了生存
能直抒胸臆、坦白情感的
唯有诗歌
不管你高兴还是愤怒

如果身边没有诗歌
如同生活缺少乐趣
其实，人生就是诗和远方

站着，是一首诗
倒下，也是一首诗
春风得意，是一首诗
日暮途穷，也是一首诗
高朋满座，更是一首诗
活成一首精彩的诗歌
逝去了也是一种空灵

长河不断，诗歌就是生命

光明不灭，诗歌就是太阳

冷落也好，热烈也罢，诗歌精神尚存

罐罐茶

一位老人，爷爷辈的老人
手提小铁炉
一个小茶罐，一个炕桌
一碗熟面，一间土房子
杨木柳木榆木疙瘩
都是熬罐罐的宝贝

罐罐茶是苦苦的茶
人们喝的正是
一口苦、一口酽、一口涩
几口苦涩酽下肚
馋解了渴也解了，心情舒畅
心里的惆怅疙瘩、挫折辛酸
冲跑了、淡化了、溶解了、淹没了

捣一捣膨起的茶叶
撇一撇罐边的白沫
搅一搅沸起的泡泡
烟熏春秋，火燎冬夏
喝惯了罐罐茶
再喝泡茶，那能叫喝茶？

"金风玉露相逢时，便胜却人间无数"

水得茶之馨香，茶得水之滋养

一个千年的梦想，随茶香四溢飘向远方

把故乡的根牵挂眺望

世间人心捧在手心

响起一首茶乐曲

与血液一并流淌

在这个古老民族的胸膛，铭刻

好一场倒春寒

炙热了好多天的大地
一改往日的风和日丽
让露头的许多新绿
万紫千红倏然落幕
云掩碧空，风掠苍穹
春日的暖阳躲进云中瑟瑟发抖

善变的春天，有几人能够读懂
一只受伤的鸟，在寒冷中磨砺前行

葫芦河

葫芦河从西海固的门前走过
拐了个弯便让贫瘠的种子滞留
岸边的祖祖辈辈
种麦子、种土豆、种胡麻、种黑荞
守着古朴的风情聆听原始的牛铃铛
蔫蔫的狗娃花随风而栗
汉子们凄楚嘶哑的歌子
沉沉地
漫过初秋的云野

独坐葫芦河溪头
用含泪的眸子
挽紧深陷泥中的窑洞
与有齿有草缓缓起舞
父亲守在河岸的山头
爱山恨山，嫁山娶山，死了还山

独坐葫芦河溪头
好多彩云在日落时分燃烧
岸边洁白的羊群召唤着我
朝夕有序的暖流拍打心扉

泪眼中一支马队走过遍布玉米的田埂

冷峻的铃铛

摇曳起它们恒久的绿色

葫芦河从西海固的门前走过

我坐在小船上耐心等待

那朵旖旎浪漫的情花

在这块贫瘠的土地上缓缓开放

花儿

所有的歌谣里，唯有这种歌
你无法模仿
就像不能模仿阳光的笑容
这首歌以浓郁的乡愁做基调
沿激情的阶梯拾级而上
一路峭拔直向天穹
没有浮躁，没有喧嚣
只有洁净向上的精神

在所有的歌谣中，唯有这种歌
你无法忘记
就像你无法忘记这个民族
一手执犁把，一手提牛鞭
他朴实伟岸啜饮心魂
期待心中灼热

黄土魂（一）

强悍的西北风从远方归来，蚀皱你千沟万壑的容颜
突兀山一堆堆深埋于黄土中的无字骨简
传递着苦难岁月里的时光甘甜
传承着懵懂稚气中的祖辈格言

犁铧深深地插进土里，播种下雄性的麦子
将黄土的记忆推向深远直到四季轮回
我沿着你雄浑的血脉一路高歌
那豪迈的歌谣表达着父亲的慈爱，深沉而厚重

走进黄土塬的腹地，我追随祖先隐约的启示
虔诚地攥起汗涔涔的黄土
任飞扬的尘沙给粗糙的肌肤留下残血的印记
心中巨大的热情如晨炊袅袅升起

最厚重的语言应当献给这片土地
深夜里我的躯体和灵魂趋于厚重
还有看不见这片土地的灵魂
承载着一代一代的子民衍繁不息

黄土魂（二）

枯木逢春，大地一派祥和
郁郁葱葱，阳光斑驳
归于宿命

曾经，生根发芽
岁月蹉跎，青春无悔
四海八荒，枯木慧心早已声嘶力竭
岁月空寂

纵深处，裸露的胸膛
自己更迭百年
沉浮过往携风雨
地畔田间情落处
怎能忘

回故乡

怀里，揣着故乡
满心希冀

急切地踏上归乡的征程
蜿蜒的小路上

田野里的庄稼飘来
阵阵花香
高高的杨树上
喜鹊声声鸣唱

山还是那座山
梁还是那道梁

面前残破的废屋
砖石地基，黄泥屋顶，土坯泥墙

经历了疲惫
积淀了沧桑

感觉就像诗一样

那就是我的根

皇天后土的传承年复一年
还有生命的源泉生生不息

村口的老槐树尚在
唯独不见在此守望的娘

记忆中的老房子

从黎明到黄昏
淌过岁月的河流
记忆中的老房子
固守在村头像一盏灯
老房子很老，却一直在变新

那段历史的印记在血液里流淌
父辈们所讲的故事
一代一代传唱

曾经
总有袅袅炊烟在屋顶上空萦绕
总有笑声埋怨在屋内回荡耳畔
如今
荒草中欢跳的鸟雀
这里，是它们永久的家

门槛上的春秋飘然一种乡音
窗户的灵眸包容不衰的景致
房前的杏树不忘开花

屋后的小草印上苔痕

伸手去摸
记忆中的老房子
土坯墙被太阳晒得滚烫
滚烫的
还有一个老树根

家乡的河

家乡的河
沟深沟长跌宕起伏在暗处沟渠中
饱含深深浅浅的心事

家乡的河
有着羊粪蛋蛋的味道，养育了几辈辈人
贫瘠的土地
一曲信天游
唱不尽的总是那故土情深

家乡的河
从我夜夜的梦中流过
深情的挽着思念
声声呼唤，落在河流的波光里
唤疼华灯初上的夜

敬畏，从一滴水开始

每天起床洗漱，向一滴滴水鞠躬
敬畏高天滚滚寒流急
敬畏日月星辰
敬畏风雨雷电
敬畏冰雪寒霜

一滴滴水滋润大地
花草树木、稻粱果蔬
敬畏，从一滴水开始
敬畏土地上的每一棵花草树木
每一颗石头、每一个生命

一滴滴水汇集成溪流
敬畏，从一滴水开始
敬畏长江黄河，敬畏江河湖海、浩渺波涛

一滴滴水做成文房四宝
传承圣贤经典和文明
敬畏，从一滴水开始
敬畏圣贤经典和诗文
敬畏五千年风云历史

一滴滴水酿成美酒
与尔同销万古愁
敬畏，从一滴水开始
敬畏激情燃烧的力量，豪情与真言
敬畏诗仙酒后的豪迈诗篇

一滴滴水滋养着生命
滋养着生命中沸腾的热血
敬畏，从一滴水开始
敬畏人间含泪的感动、带血的奉献
敬畏生命中流动的慈爱、慈悲和宽容
敬畏每一条河流、每一寸土地和虚空

爷爷肩上的镢头和铁锨

爷爷肩上的镢头和铁锨
是全家养命的本钱

从闫关大庄到张家垴
用镢头刨出光阴
用铁锨挖出衣食

镢头和铁锨扛在爷爷的肩上
从春秋，走到冬夏
开挖山川，也填埋沟壑

倔犟的时候保持沉默
执着的时候不惧一切

镢头和铁锨终究陪走了爷爷
然后陪老了父亲
我只能躲在钢筋混凝土里
给爷爷的"老联手"写一首瘦诗

一把乡土

一把乡土，沉甸甸地贴紧我的胸口
无论走到哪里，父亲的嘱托时常响起
不能忘记家乡的水、家乡的山还有那座磨盘梁

一把乡土，铿锵的话语涌出心田
无论走到哪里，时刻铭记对亲人的誓言
保持山的巍然不忘本，永远不丢弃做人的本钱

年复一年、日复一日
我终将成为一掬乡土
和爷爷奶奶父亲母亲一道
睡在磨盘梁

一场透雨

自打种子入地，龟裂的土地上
干裂的嘴唇像乞丐裸露的脚跟
焦黄的幼苗耷拉着脑袋
正在承受地火的烤灼
大地上的人们怀揣千年的忧愁
期待一场电闪雷鸣
期待一场倾盆大雨

黄昏，天际耳边的擂鼓
由远及近，吓跑了太阳和星星
一时间，风乍起
大雨倾泻，大旱逢甘霖

好一场透雨
禾苗喜悦地伸进泥土三分
眼睛和心灵接受一次洗礼
在心的缝隙中淋漓飞溅

一根扁担

《西游记》里，取经的扁担承载着九九八十一难
《愚公移山》里，老叟的扁担东望太行西眺王屋
爷爷的扁担，一头依靠故乡，一头横亘远方
父亲的扁担，站起来是山，躺下来是梁
一副铁钩，几世沧桑

躬一样的脊梁，驮满艰辛
记忆中的影像，背负四季
挑出去的是农耕杂货，担回来的是淡雅书香
春风秋雨，寒来暑往，脚在路上丈量
圩期循环，昼夜更替，路在脚下延伸

小说里的扁担是修行者的语言
生活里的扁担是老百姓的光阴
一根扁担
一头皑皑昆仑，一头浩浩江海
一部史书
先民的追求，民族的荣光

在高原，我不是过客

昨夜一声春雷，河水浩浩荡荡
就像人间的悲喜
生生不息
无数的小草像在路上奔跑
只剩下多年前的一个模糊印象
人声鼎沸，人影绰绰，薄雾未散

我纵马诗场
我的亘古，我的流浪
我思念亲人，我饮一瓢月亮
我是你的苍凉
我也是你的希望

我将穷尽所有
修一条通向阳光的道路
探索一种更有品位的生活
片片桃花起舞染红时光的白
生生不息
在高原，我不是过客

在书院（组诗）

一

西海固十万大山腹地
山隅的旮旯处
一块净土
向我们招手

这是一个
春寒料峭的初春
皑皑白雪的午后
我们落座书院
熟悉的面孔迎面而来
心依然近，情依旧真
罐罐茶的浓香
解读了魂牵梦绕的乡愁

布谷鸟盘绕呼唤
麻雀叽叽喳喳在情话
远处几声犬吠
久违的素心直上鼻头

书院里一位夫子开坛讲学
亦是问津也是求道

二

首个中国文学之乡的故里
有两条大河
一条葫芦河
一条诗河

文学之河生生不息
在水一方俱是佳人

三

一人一路一活法
没有文学我感觉我不得活
没有粮食我肯定活不了
文学是我的爱好
粮食为我养命之本
每个人的生活方式都不同
我成了文字的搬运工
拼凑公文偶尔还涂鸦
最后一无所成

一人一花一书院
我最终成为智者的追随者
林间的风，清新的泥土
既是一颗疲惫不堪的心
又会尘埃落定

一人一书一阳光
在城市寄居的大咖们
争先恐后、纷至沓来
长长舒了一口气
把浮生半日闲偷得淋漓尽致

唯美乡愁

　　"唯美乡愁"更多的是借写诗达到精神还乡的目的。不论是对童年生活的怀念，还是对故乡山水的歌唱，作者始终心怀感恩之情，胸怀悲悯之心。在地理上、时间上乃至精神上，不辞辛劳地发掘、感受、追逐、探究，以求在诗歌中找到诗意的表达，找到母体写作上的回归，找到诗歌意境中和诗歌经验上的心安与放松。与其说作者是用诗歌来舒缓因童年的漂泊带来的紧张与挣扎，倒不如说他在诗歌中得到了灵魂的升华和思想的解放，且寻求到一种精神释放的自由。

老家的架子车

曾经是庄农人的"宝马"
你行过平地，也上过山坡
与所有能拉辕的牲畜都是朋友
最深的记忆里
车辙深深地陷进泥泞中来回纠缠

受过苦难，在风里、雨里、翻飞的雪里
磨损的轱辘，铭记着走过的路
散架的骨骼，镌刻着那段往事
陈旧的背带，浸透着鲜血汗水

一段凄楚的故事
磨砺成凹形
深深地、深深地
印刻

老家的情结

老家的情结在梦里
爷爷、奶奶、乡亲们和娘
心间一种慰藉，露出笑容
能把每一根神经滋润顺畅

老家的情结在村口
一种乡风乡情，浓烈甘醇
能把一种愉悦滋生心间

老家的情结在田野
秋风吹过，金浪翻涌，雁飞高空
一瞬幡然顿悟，泪流满面
能把一种闲暇和宁静滋养厚德

老家的情结，沧桑绵长
谁也代替不了，带不走也挪不动
太多的欢乐、太多的厚重
和太多太多的恩怨

老宅旧院

伫立在老宅旧院
满眼杂草丛生、断壁残垣
麻雀上下翩翩
看不见绿树间袅袅炊烟
找不到儿时的回忆、儿时的伴
乡音远去

伫立在老宅旧院
昨日的历史定格
多情的野花，残破的石碾截断
根脉相连
我漂泊一如无家的孤燕
再也回不到
生我养我
洋溢母乳味的庭院

老庄的那件风匣

在老庄，记忆中那件风匣
一定比我年岁大
学会拉风匣的时候
把手和拉杆早被磨砺成玉骨

在老庄，娘把一张面皮擀开的当儿
正是风匣催动灶膛火苗起劲的时候
我知道，家家户户呼哧呼哧的风匣
抽动着庄里庄外的柴米油盐和酸甜苦辣

在老庄，风匣一拉一送
演奏着一首古老而悠扬的民谣
记录着炊烟里的艰难困苦和喜怒哀乐
梦中，我看到苍老的母亲
远远地望着我，为我送行
凄然悠悠，醒来时早已泪流满面

在老庄，风匣伴随我成长
每个清晨、中午或傍晚，村头巷尾
吧嗒吧嗒清脆悠扬的声音，和着
鸡鸣狗叫、孩童笑闹的喧哗，以及

大人们的脚步声、说话声
一首极其动听的乡村交响曲
从袅袅炊烟里飘出

如今，老庄的那件风匣
静静地躲进拐角
如果有人拉动它
故事一定会从风口溢出

镰刀与岁月

这柄镰刀，挂在农舍的房梁上
原本是一块混沌的粗钢
躺下来，是亘古的河流
我只记得，好多年
反反复复地邀请我参与某次农事

弯腰弓背，为了每一寸农田
我多么想用最温暖的语言，盛赞我的勤劳
而母亲每移动一步，都充满诗意的欢畅
我是如此渺小和可怜

收获的日子里，镰刀是最得力的助手
随着每一镰刀的挥下，锤炼着人性的坚强
一颗颗滚落的汗珠上，浸润着浓浓的希望
汗水滴在泥土里被烤干、蒸发
镰刀磨了又磨，镰刃钝了又钝
而劳作的母亲在那个三伏天
一直未曾歇缓
镰刀胜利了，母亲擦了把脸露出了笑容

诗人啊，铭记那段光阴

谁能记录那段悲伤的艰辛
唯有颗粒归仓
才能洞悉一场劳苦的忙碌
才能结束那弯曲摆动的天地一景
一种情愫始终在脑中镌刻
久久不能抹去

山里的父亲

大山的哲理是弯弯套套的小路
父亲的两把老茧手汗津津地攥着憧憬
衣衫在夜风中飘动
草帽和行囊不再亲近天空
父亲的梦随春草浅浅生出
土豆叶绿一片好听的调子

长势不错
荞麦花红红火火燃尽了岁月
准备着秋季养肥光阴
不幸大旱又至

我躲进树荫里写祈雨瘦诗
无奈干涸的笔挤不出半点赏赐
只听到炊烟里
父亲长长的叹息越来越凝重

干旱始终统治着这里的黄土
翻过几道山坡决定七月开镰
深陷于劳作的歌者很多
我却在岁月争夺不止的行列中

寻找父亲

收割完良莠不齐的庄稼
山旮旯背后梁上一个汉子
朝天吼着太阳落山后不想回家的山歌

塬上的婆姨

塬上时有大脚女人走过
那是塬上的婆姨

夏天的风
醉醺醺地簇拥着无垠的麦浪
婆姨在路边看飞扬的尘土
一直梦想
为置有电器的砖木房子奠基

美好的秋收
圆了婆姨的春梦
塬上顿时荡起节日的笑

七月七的一场透雨下过
婆姨骑上毛驴
晃晃悠悠地走在回娘家的路上
狗娃花编的帽帽很野很野
冷不防鬓角一朵红山丹露出
招来身后男人不雅的"逊礼"
羞得婆姨直跺脚蹬
毛驴似读懂了主人的心

飞一般向前奔
将那臭嘴男人的叫骂声
留在塬上

塬上的婆姨总是淳朴善良
受了委屈流着泪也不忘奶怀里的娃娃
等到晚霞扫去村口一丝光亮
灶间旋绕的炊烟
便泛起了浆水面的醇香
这种平平淡淡的日子
婆姨们总是乐此不疲

六盘山，诗人不死

没有人会相信我已丢失了故乡
那么今夜，请随我来到六盘山的峰峦……

—— 题记

娘亲将我远行的背囊放在门口
草叶上无数个闪动的露珠
一定是我即将离别的泪滴
五千年前家的方向裸露在风中
五千年传承的脉络印记清晰
行走在大漠里，自己孤独的影子
就像一条小鱼搁浅在沙滩上
寂静里一粒沙子心跳轻微

灵魂一定就在这座华丽的府邸游荡
裙裾飘逸的背影正掠过来世的雨季
一声叹息惊动了檐角的燕子
一切熟悉的地方，安放着思念和别离
我至少三百年前的记忆，被唤回

为什么所有人都把雄浑想象成一片汪洋
向着最高处的那块岩石攀援行进

就会触摸到汪洋之上的那片云朵，那么柔软
就会触摸到云朵里的飞鱼，欢歌雀跃
沉默的石头除了爱情
鱼儿还能向我们证明什么
分明是海枯石烂的场景，这是人间有价的铁证

一阵六盘山的风修补着心灵的百孔千疮
期盼、路过、遇见、收获然后归家
生命的力量，那些舞者
就像大地上行走的高傲尊贵的灵魂
诗歌不死，生命不会终结……

耧

耧，两只尖尖小脚
划开沉睡的春风
翻飞出诗意的音符
金色的阳光下原野空旷
一架耧不停地响着轻柔的铜铃声
麦粒从耧腿里欢快地埋进新鲜的泥土

年轻的父亲迈着坚实的脚步
勾勒大地的诗行
憧憬秋后的收获
耧铃声被注入了灵魂
从晨曦哀怨到日落

如今父亲已老去
耩地的耧、平地的耙、打场的碌碡
与破旧的镰刀、锄头、犁铧挤在一起
相互慰藉，相互取暖

辘轳从岁月里走过

三百年来的一口古井
与辘轳为伴三百年
听命于吊桶的上下求索
浑身累累的伤痕
诉说着先辈们经历的艰辛

身体无骨的井绳和水桶
飞速旋转坠落，溅起一股清凉
清凌凌的水从远古的地层汩汩输出
夕阳晨星，袅袅炊烟，家长里短
长年累月，养育了一代又一代

辘轳井，摇动的歌谣
无数次缠绕，瞬间放落
岁月从沧桑中走过
倾尽三生三世的等待
井底泛起每一次涟漪
俱是人间跌宕起伏的疲惫

那些农具

一张犁
拉着岁月前行
在大地上刻画出五彩斑斓

一把镰
谁用谁弓腰以求神似
收获庄稼

一盘磨
磨碎生活中所有坚硬
养活生命

一把锹
掘坑深埋
解开一个又一个心结

泥土扯住故乡的衣襟

不是所有的文字都泛着泥土清香
不是所有的诗人会写出泥土芬芳
在老家，父老乡亲们正在辛勤耕耘
春天，他们把自己和犁深入泥土
把种子和希望种进大地
听一听，这动人的韵律
摸一摸，这故事的脉搏
文字的春芽捧于手心
我就扯住了故乡的衣襟

敲开古老的门扉，用精耕细作呵护
不管是谁，有意无意地埋种
只要沉积在泥土的年轮里
种粒就会疯狂地呐喊
每一个词语都与土沾亲带故、饱满丰润
诗意文字在阳光下抒情，拔节生动

秋天的高阳，以禾苗的形式铺陈诗笺
沃野芬芳演绎着大地的繁华
泥土里的生命一派繁荣
地里刨出万千土豆，颗颗蕴有乡土情韵

一辈子厮守一方乡土，只要敬畏

日子越过就越踏实

孩子，你终于回来了

孩子，我不得不说
我被你短暂的捉迷藏吓坏了
你可知道，"拐卖的"热搜在全网泛滥
你可知道，丰县的"铁链女"真相尚未得到澄清
而你，就在这个当儿
竟然不见了

孩子，你可知道，你的这一"玩"
多少善良的人们奔走相告
有的叔叔阿姨为你
彻夜未眠，组团寻找
孩子，你可知道，你暂时的迷路
所有的呼唤和寻找
焦急、痛苦、无助

孩子，你是咱西吉人的宝宝
西吉人的自媒体，全社会，全网
都在为你焦急，为你捏把汗甚至流着泪
虽然一夜，却如一年
叔叔们在呼唤
阿姨们在呼唤

爷爷奶奶在呼唤

呼唤的声音那么急
孩子呀，你可知道
爸妈的心在滴血啊
昨天一个晚上
搜寻的脚步一刻也没有停

尽管如此
孩子，你是幸运的
你一直生活在最美人间
因为你是西吉人的宝宝
更是天下所有爸爸妈妈的宝宝
孩子，我不得不说
你很幸福
因为，所有善良的爸爸妈妈都在你的身边
回来了就好
那么，我还有一句话
在告诉孩子世界美好的同时
也要告知世界的丑陋和险恶

为贺兰雪景作

黄河落天走东海，万里写入胸怀间
中华民族的母亲河黄河
飞流直下奔向宁夏平原
以博大的胸怀滋养着两岸万物生灵

远处，踏破贺兰山缺，金戈铁马
天地一派盛景，蓝白相间
蓝得彻底，白得深沉
雄壮的英雄气概
油然而生

览山公园依山傍水，佳境环绕
壮丽画卷
处处诗情画意

吟雪词

春天来了，一场冬末初春的雪即将消融，遂诗之。

——题记

如果没有雪
冬天如同没有灵魂的行尸
雪至，冬天就活了
大地、山川、河流
即便寒风凛冽
也会安宁空灵、清澈透明

如果没有雪
心境如同一首枯燥的瘦诗
雪到，心情就好了
即便蓬门荆扉
也会无限祥瑞、泛着诗意

如果没有雪
沟壑如同干枯颓废的苦藤
雪降，沟谷就美了
即便裸露纵深
也会冰肌玉骨、流连忘返

一场瑞雪，万千雪花飘落

那六瓣音韵

似玛瑙如钻石像皇冠

毫不吝啬地滋养万物

为世间涤荡尘埃

为生命焕发生机

致《农人文苑》

一个丰沃庄园里
几位羊把式哥哥
怀抱诗心
执起一枝如椽大笔
把最美好的祝福和心愿
种子般的嵌入
农人文苑

大地辽阔，庄稼与诗行长势良好
大地隆起，彩虹与飞天当空练舞

和风细雨中感受浓浓诗意
低吟浅唱时抒发内心诗情
每一粒种子希冀结出最尊贵的果实
每一段文字期待泛出最芬芳的曲觞
果实是大地上最美的果实
香味是泥土里最醇的酿造

我诗心如潮
一种无与伦比的荣耀
同我的羊把式哥哥一道

在三月里动身
在风浪里搏击
在世俗里挣扎
在鄙夷里博弈

没有什么自然而然
只有坚定的义无反顾
没有什么幸运垂青
只有坚定地负重前行

待到诗花烂漫时
我一定和羊把式哥哥
在沟畔河谷，举办一场五谷宴
用诗芽蘸蜂蜜
招待南来北往的蝴蝶

写给大山哥哥

那位漫花儿的汉子
昨天的午夜里
一首花儿又溢出笔端

这首花儿
油灯点亮了单家集
红军会师于将台堡
丁香花翠染火石寨
洋芋装满了锅锅炉

这首花儿
娘亲累弯了腰佝偻着前行
父亲和他的犁铧、老牛
在两亩薄田里透支出
瘠薄的光阴

这首花儿
孕妹妹纸短情长
阿哥磨穿了鞋底板
一碗酽苦的砖茶
吭吭地喝下去

那位漫山花儿的汉子
正是我黑黑的大山哥哥
一个硬汉诗人

十万云烟，满山花事守
倾慕繁华，也耐得住寂寞
通透豁达，必定坦然前行
这首诗啊
或倚戏冬风，或笑傲冰雪
澎湃系情愫
炽烈滚肺腑
这首诗啊
青青的秧苗、金黄的麦穗
玉米的张扬、土豆的沉稳

我黑黑的哥哥，你究竟教会了哪支
哥哥憨憨地说，花儿、诗歌本一家

掐苜蓿芽的小姑娘

一块苜蓿地里
一位小姑娘
那是我的女儿

一双小手，正在学着妈妈的样子
掐住了一抹露绿的尖儿
一只蝴蝶低低地、轻轻地
落在了苜蓿花上

这一幕恰被女儿用目光捕捉
一颦一笑
洋溢在我心里

山下

其实并不需要阳光，因为一片草的约定
雾霭中的河流，带不走满城的云霞
每一次走近，都会看到山的众神
一抹清香、一轮明月，都为整座山骄傲

在小河旁 ，支起一顶帐篷留出空隙
好让月光洒到我的脸上

听见一阵阵山风，被心灵捕获
絮语绵绵不绝，谁在诉说

石磨

两个老石头
螺纹的牙齿
把日子一粒粒咬碎
喂养着一家子的光阴

一根木轴穿心而过
旋转碾碎五谷
父亲推磨的样子，像一头拉山的牛
我有荒草一样沉思
也有流水一样臆想
无法丈量，当年父亲
生命的高度和坚韧

一代代磨出温饱
一圈圈转走一代代人
那磨不完的日子，一天天消瘦
一半埋入了地下，一半虚掩在草丛

驻村随想（组诗）

一

裸露龟裂如岩石的脊梁上
十万头黑山羊游走奔波
觅一口初春的干草尖儿
羊儿明白，嫩草的清香即将拱破冻土

执鞭的羊把式
将军般检阅着他的部队
杨湾疙瘩梁上最显眼的风姿
莫过于
羊倌校场阅兵

二

古今里，野狐角传承了几辈人
民谣里，口弦迸溅出澎湃起伏
古曲里，父辈们同袍同衣
思想里，乡愁世界五彩斑斓
蓝图里，想着想着就笑了

总有些岁月让你沉淀后荒芜出勃勃生机
总有些时光让你相守邂逅入诗入风入迷

三

古老中华文字的骸骨源远流长
五千年文明、三千年诗韵如痴如醉
永恒即真理
细思量

风吹出祥和与寂静
每棵草、每株树、每块砖、每片瓦
荣光与骄傲
诗情与远方
诗者心平如初
八百里云和月也就一粒细砂
众生皆尘埃

四

诗人们云集于一家书院
窗明几净，大智慧排满小书架
求索问津，智者释疑解惑
书院深处，穷理明伦传承

一棵幼苗，一道血脉
滋养浩浩田园
一扇窗棂，一念灵光
朗照莘莘学子

筑梦人
既然选择前方
就当义无反顾
百年善缘修得文曲福星
万千文字换来素心净尘

五

把最好的文字
研磨入诗

心照明月
旅途游子们已相思入梦
夜深落雪
六片雪瓣让古老的村落玲珑剔透
山泥隐香
锦色倏然让田园恬淡宁静如画
醉意阑珊

一位朴素的诗者手执半册诗卷

六

春风十里，不如与您相遇
这里没有大海，却有蓝天、白云、洁净的空气
这里的黄土是孕育文字的图腾
这里的丁香花芳华尽染青春靓丽
这里的房子依旧春暖花开
而我，是最幸福的人

春风十里，期待与您相遇
这里有条河叫葫芦河
鱼儿不时地欢呼泛起青春涟漪
这里有座山叫月亮山
山坡上绽放土豆花载歌载舞
祖祖辈辈在坚守幸福与希望

春风十里，一定与您相遇
没有什么是永恒的
当下即为永恒
没有什么是本真的
深情即为本真

我和您在诗中相遇

有情人终成眷属

芳菲四月春意浓

正值春光清明时节，微风不躁

一支方队徒步于乡村小道，倾听鸟儿歌唱

细闻花草畅谈，吸收乡土气息

重走长征路，铭记先烈传承红色基因

猎猎红旗，红星弘扬不屈信仰

孩子们正徒步红色将台堡

孩子们的理想信念历久弥新

孩子们的信心百倍芳华正茂

徒步，是一次体力和意志的考验

更是一次精神的洗礼

踏着晨曦，怀着憧憬

微风轻拂，阳光和煦

牢记嘱托，蓄势待发

整洁的校服，铿锵的步伐

一路上，鲜红的旗帜迎风飞扬

一路上，盛开的花儿吐露芬芳

一路上，远足的队伍欢快高歌

一路上，徒步的步伐从未停歇

背包松散了，衣襟湿透了

脚步沉重了，却没有一人掉队
徒步，是一场亲近自然的实践活动
徒步，是一次荡涤心灵的新长征
坚韧品质和执着信念
坚守出发时高喊的誓言
愿这种精神代代相传、熠熠生辉

我和我的牧羊姑娘

一望无际的草原
一幅墨迹未干的写意
我听到牧草拔节的声音
旷野的诗意，海浪般泛起涟漪
王者打马而来，马声钉在草原的胸膛
三千铁骑踏碎烽火，踏雪逐浪，时间早已倾斜

草原长大的孩子，从不说落日是红色的
他们所有的微笑，青草味，奶油味
所有大地上绿色的补丁在我眼前延展
眼里的迷离，是大地、是山脊、是河流、是落日

一条河哗哗流过
水的句子幸福地穿行在绿色的画卷中
羊儿都记得它的味道，飞快地移动如一朵云

夜晚一道脆生生的光芒，绽放一万首情歌
我在整个草原寻找一个身影
希冀把爱情诉说给我心爱的牧羊姑娘

斑斓的格桑花幽蓝芳馨

悠扬的马头琴传递相思
纵马而来的一个妖娆身影
百花丛中，绚烂夺目
我和我的恋人策马驰骋游牧人间
牧歌悠扬、牛羊肥壮、毡房温暖、奶茶飘香

我忘记故乡忧伤的炊烟

踏上家乡的土地
疲惫的身躯有了活力
熟悉的小吃，久违的乡音
一碗拉面，一盘土豆，鲜嫩的苦蕖菜
记忆开始清晰
山川河流，阳光空气

高原的清晨，阳光与花儿一同欢畅
孤寂的荒野，村口的老槐树
一条条平整的水泥路面
一片片林立的新农村屋舍
虫子在轻松蠕动
在花蕊、草尖、泥土里

我坐在山坡上，羊群与云朵，彼此遥望
那热烈而悠扬的牧羊曲
让我忘记了故乡忧伤的炊烟

我找到了故乡的味道

越过阳光普照的田畴与连绵起伏的山峦
田野乡村的青草香
漫山遍野的馒头花
始终流淌着故乡的味道

村头的老槐树寂寞地挺立着
树荫下已难见父老乡亲们寒暄
站在村前的高坡,看不见绿树间袅袅炊烟
野花多情地在陌上怒放
残破的石碾在蒿草深处掩藏着一段往事

儿时的村庄,能装下
父辈们挑水、劈柴、耕种劳作的身影
鸡鸭牛羊吆喝,喜悦和咳嗽
收割的笑脸、荒凉的愁,秋冬与春夏

这片多情的土地,旧情如故的家园
悠悠岁月,就是我故乡的味道

一个村庄没有炊烟却精神永存（组诗）

一

西海固十万大山

平仄突兀着一种朴素

你是耸立在溪边亿年不变的突兀吗

世间万物，尽纳胸怀

每一条凹陷的沟壑压住喘息

每一棵挺拔的榆树都蕴含着一种性格

每一条长长的道路都走成了一首诗

每一曲悠扬的花儿都在远方安营扎寨

西海固的十万大山

见证着西海固人曾经的艰辛

有人说，一个村庄没有炊烟就死了

我说，这里的黄土永远有故事

二

黄土的情愫让人想哭

望着眼前一望无际

层层叠叠、赤身裸体的黄土地

我想起了白天付出辛劳、午夜刚刚熟睡的母亲

她是那么的安详端庄
母亲用一滴滴汗水浸泡出来的芳香
我知道，那是给予生命无尽营养的芳香
我知道，那是天地间充满生机与活力的芳香
那醉人的芳香足以让世间芸芸众生热泪盈眶

三

一群生灵，与黄土相依为命
在冬日里完全袒露出最原始的风情
一代又一代播种人
松软的身躯透露出的是钢铁般的本质
对于我的黄土父辈，他们有着别样的辛酸
走了走远了，渐行渐远
泪水一路，故事一路
那陀牛粪，那座庄园
三姨家的大场，二叔家的石碾子
窑背上漂亮的姐姐
已经物是人非
是啊，一个村庄没有炊烟就死了
故事依旧，精神不倒

西域之行（组诗）

一

我在西域遥远的雪山下，
借汉赋唐诗落地为沙，吹起诗意飞雪
古老的丝绸之路让唐布拉草坡飞出彩虹
任沙砾把脚硌在灵魂深处，一步一步缓慢前行
苍凉孤独的一道瘦影
沿着古老的驿道
把柔软的触角伸进楼兰颓垣的城郭
抚摸一片沙海

腾格里大漠吹不走千里胡杨
生生死死几千年坚挺不倒
马蹄声再现远古羌笛
历史的长河在脑海中
赶不走多情的车马人流

二

嘉峪关的古城犹在
若走不出戈壁滩，我就是一粒尘埃

枯黄献祭的苍茫赤裸裸地袒露着心胸

无边砾石是碎裂沉默的火星

伏惟尚飨、饥不择食的天空

玉门关，春风不度大秦的金戈铁马

远处，一片绿意若隐若现昭示着悲壮的一生

夕阳最后一缕微光坦荡从容

缓缓落入浩瀚无垠的茫茫荒原

三

风中传来阵阵驼铃声

伴有羌笛的委婉韵律悠远地回响

匈奴骑兵的呼啸和守城将士的呐喊长风万里

我感觉声嘶力竭、渺小入微

皑皑白雪用极尽的妖媚把戈壁大漠诱惑

芨芨草钢柔翠黄，肃风吹起马兰花，横撩起衣衫

此时，只要看一看祁连山顶的晴雪

就能嗅到张掖的春天

四

黄河水蜿蜒东去

贺兰山依旧葱绿

它厌恶掩饰，还有情感的温度

雄关风缓慢地吹动

天空像一只睡意蒙眬的眼睛

今夜，我在敦煌，河西走廊的最西端

和一位妹子，说起秦汉和隋唐，说起西域和中亚

一条路和一座城

我还和她说起萧关古道

北魏和西夏，说起塞外大漠踏破贺兰山缺

须弥山和六盘山

忽见一颗流星在头顶划过

美丽的大月氏女子美妙的舞姿中

翩翩而来，所到之处四溢花香

一条纱巾半遮秀容

我从反弹琵琶的天籁中

听到悲壮和苍凉

五

一望无垠的戈壁滩，一株株孤独的胡杨

静默地，立于落日下的河西走廊

孤独的背影，雕刻出岩石般的身形

如同一根倔强的发丝

刺向，和戈壁一样空阔的天穹

一首秦汉蜿蜒的长歌

飘过西域苍茫辽远的戈壁

消散在远方的天空和路上

一同散去的，是深秋的萧瑟和无尽的悲壮

雪一样素雅的花絮

迎着血一般绚烂的夕阳

把自己燃烧在茫茫河西走廊

升腾的炊烟和蓝天同为一色

执着地守望着埋葬过一辈辈先人的祁连

乡愁

乡愁是一条崎岖的山路
乡愁是母亲单薄的身影
乡愁是父亲佝偻的脊梁
乡愁是村口阿妹的思念

夕阳西下，牛羊归栏
地平线越来越长，最终连天一色

邂逅的低语在心湖中荡漾
游子的心结在执念中惆怅

远方一盏灯
风中摇曳
让来往的岁月五味杂陈

乡村的早晨

在扶贫点，杨湾村
薄薄的雾气尚未散尽，时聚时散
村头的一块土地上已经有人劳作
机械声，钉耙声，清脆而轻柔
一位农民蹲坐在地头抽着烟
若有所思，将一季的梦点种在春的怀里

袅袅炊烟不时从树枝引燃一天的喧嚣
女人们把准备好的饭食装进篮子
早起的老牛带着牛犊
从地平线上，将太阳一点点拔高

又是一个忙碌的日子
沿着这条小路一直往前走可到沟底
泥土松软，我驻足
人生的许多美，都在人迹罕至的尽处

兴平梁上的桃花开了

兴平梁上的桃花开了
一波波清香
映红了漫山遍野
那片桃红依稀仙乐缥缈
疑是万千舞女衣袂飘飘

一朵一朵
像怀春少女妩媚的笑容
一瓣一瓣
像少女吹弹可破的甜甜笑窝
一摞一摞
像初恋的汉子把心事倾诉

柔风过往
醉眸于萌萌浅绿间舞动
清香弥留
粉蕊舒开摇曳漫咏暖阳

雪落杨湾村

承载着一种记忆
于昨夜悄然无息地
宣泄在杨湾村
视野处天成一色

久违的思绪
瞬间飘然而至

飞絮飞花藏尽物事年华
皱褶银装素裹晶莹璀璨

村落宁静了
弯曲的小路无迹可寻

伫立在白色的世界
不忍心再往前一步
恐将这寂寞的平静打破

那飞舞泼洒的六瓣音符
吟唱着大自然的无私豁达和仁厚

她亲吻叠嶂的山峦

她轻吻万千丛林

她轻吻人世间一切善恶美丑

她亲吻着你和我

每一次飘飞

高贵与自尊

希冀与等待

无声坠落

胜景中

有人孤舟独钓寒江

有人春意看花翠晃相凝

有人日暮诗成与梅作春

有人六盘山上高峰指点江山

落花片片

我已隐形

羊把式哥哥

过了泉儿湾就到了张村堡的崾岘
扎堆的云彩盖了半个山头
着棉裹肚的羊把式哥哥
漫起了花儿

一人一狗一群羊
山头上飞扬的歌声
时间久了就是号令
彼此之间和谐默契

羊把式哥哥上梁下山，奔跑中
练就了一副凄苦沙哑的嗓子

抡起长长的皮鞭
甩得一声声脆响
从这条沟飘到那片山
从春天游荡到另一个春天
谁的歌声如此嘹亮，还有谁的情感如此奔放

羊儿每一个名字都是一个传说
黑头、麻脸、歪角角……

喊一嗓子，叫到谁就是谁

走过一天又一天
走过春秋，也走过冬夏
羊把式哥哥的故事
讲不完

一碗浆水面

一碗浆水面一个情结
西北农人的血液里
一定有酸酸爽爽的元素
西北农人的骨子里
最认可这种来自老家的味道

一碗浆水面是日子的精华
是岁月的浓缩
城里人吃的是乡愁
农村人吃的是惬意

一代一代农人窝浆水
嫩而不生、透而不老、烂而不化
没了浆水喂养
男人走不动路
女人养不出娃
馋肉，一年也就几回
而浆水，少一顿就伤筋动骨

吃一碗浆水面
解乏提神、生津止渴

咀嚼的是旧日时光
回味的是娘亲含辛茹苦的喂养

把准炝浆水的油锅火候
刺啦一声让葱花的味道直入肺腑
绿绿的葱头，灿灿的油花
清清的浆水汤，绵软的洋芋条条
男人劳作渴了仰头闭一气
瞬间一股子力拔山兮生出
奶娃女人不下奶了
老婆婆踮起小脚端来一碗浆水拌汤

偶遇街边的面馆
要一碗浆水面
面是面，浆水是浆水
就像远房亲戚两张皮
吃不出人情味，也没滋没味

大山深处（组诗）

一

麻雀扇动着翅膀
机灵地停留在树梢上
而远处，整排的机修农田
绵延着从山边到云际
父辈的每一寸光阴
都会成为良辰美景
这是生活的呢喃
也是大山的希望
五谷杂粮的故事里
流淌着生命的力量
一想到你，我就心神不宁
一想到你，我就想把那里的
山山水水都拥在怀里
那是大地母亲深深的眷恋

二

拢住一段人间的烟火
将饱受颠沛流离、尘世煎熬之苦

一并囤在身后

谁都知道

只有遍尝百草的滋味

才会细嚼慢咽

找一堆柴火

拢一缕炊烟

一塘炉火熊熊燃烧时

才知晓大山的味道

让花朵各尽其美

让飞鸟各悦其声

让植物各结其果

三

纵情烟火街市喝出古道热肠，喝出星光满天

人到中年，明白了独处的境界

也得出了人生的况味

人一辈子，有知己三五足矣

山高水长，瘦月细马

舞文弄墨中感悟

只有智慧的文字才能开辟广阔的空间

只有理性的文字才会发出希望的召唤

眼前常常涌出一股清泉，滋润着我干涸的心田

四

用灵魂亲近大山
才能在思想上感受山的神性和山的品质
从童年迈入中年
心灵成熟而别无所求
仅找寻看山是山的境界

五

看一座山不如读一座山
读一座山不如登一座山
攀山的过程虽躬身
到达山顶我却挺直了脊梁
正视自己的命运
心底一片坦荡

六

山的沟壑纵横，草茂林密
大山书写着历史
也见证着变迁
山的情怀宽阔、品格坚毅

山为人类造福桑梓
山为大自然固守岁月的寂寞
人们厌倦了城市的喧嚣
找寻安慰和释放的时候
自然想到了山
于是，奔山而来

七

绵绵逶迤的山
脉动着生命的音符
我面前这座山并非名山
却是祖辈的命运之山
山虽无言
然非无声
置身其中方能感受流逝的岁月

八

风质朴，山路蜿蜒
浊气被山风化解
疲惫的心被山风涤荡
快乐倏然而至
心灵似水一般

纯净了

因为有山
流水为之改道
因为有山
浮世繁华坦荡百态
敬畏山
就是敬畏自然
就是敬畏内心的神圣

情怀写意

　　本辑在形式和内容上大胆实践与突破，将胸怀扩大，让炙热、饱满、温暖的情感置于字里行间。小感触可以明理，可以抒情，可以叙事，但无论如何都要具备鲜活的思想，凸显散文诗的大美与情怀。在这个追逐梦想的新时代，我们要用真情关注日新月异的社会，感受万物的真善美。只有用真心、真情，才有可能创作出接地气的、有思想内涵和艺术品位的作品，才能用自己独特的生命体验，和读者、和时代产生情感共鸣，才能展现出散文诗的时代之美、情怀之美。

某个清晨

山林乡野中
独立初秋
远离了城市奢华
把自己涅槃为枯茶

与俗事无争
与小草为伴

读大山古韵
伫立蓝天白云下
站成一幅沧桑

梦境

那些辉煌的诗稿，梦里虚无却又真实地行走
梦到雄鹰翱翔大海，思想深远
梦到一派枝繁叶茂，太阳普照
梦到植物缤纷的颜色，花朵芬芳
征途遥远，一个梦催开一朵沉睡的花

梦见书中的故事在每一页纸上深深镌刻
一刹那，美丽和浩大被点化成铺天盖地的没落
梦见五彩斑斓的景色，犹如亲眼所见
梦见广阔的时空，犹如身临其境
睁开双眼，一夜的雨已停息，时光远去
只记得坠入梦里不停呼号奔走

做一个属于自己梦境的王者
横刀立马或策马扬鞭
一个诗人放荡不羁的乐园
一壶浊酒装满月色朦胧，一抹茶香
飘来古道西风的热肠

梦醒，独坐杨湾

我的梦里，有野花，有小路，有疾驰的车辆
而每一次醒来，我就回到了一地鸡毛的人间
黄昏衬托最后一片浮云
燃尽一堆篝火

从天边奔来一匹黑马纵横万里
一声声嘶鸣浪涛般铺天盖地，飞奔而下
踏踏而去，为自由奔驰
消逝在茫茫人间

此刻在异乡
没有理由打扰这片刻的寂静
夜晚如是孤独
一颗流星坠落天边
却在心里荡起涟漪

呢喃的生命之语

走过了白山黑水
听遍了万物的呢喃

山峰的棱角懂得呢喃
高原的平旷懂得呢喃

生死又离我们这么近
明天和意外谁先到来

无论平凡还是伟大
生命又如何尽力悲壮

曾经走不出的沧桑岁月
现在又回不去的迷惘
也许
明天还可以继续
也许
就此停留

倾听天籁间的私语
一场声音的盛宴

一只飞鸟停驻在薄雾的间歇
它的清啼恰如回响在耳边的呢喃

娘

我来到娘的坟前
和娘说话
我的所有的烦心事只能给娘说
说着说着
眼泪从心里流出

从记事起
娘的身体就不好了
蹒跚着走路
仍不忘劳作

我去远方读书
娘把牵挂和叮咛装进我的行李
我是游子
娘的心随我一同出门

我回家了
我的亲娘却出门了
我知道我已经丢了娘
我非常羡慕有老娘的同事朋友
而我一路的酸楚

没有人安慰

我给娘说
无论游荡多远，最终
我会回来
儿永远陪您老人家

恰似人间四月天

四月的烟雨，欢笑着来到窗前
在春的画卷中张扬着艳
花草舞着柳的翩，静谧中眠
燕子衔来九天外的一片蔚蓝
把最美的诗衔在屋檐下

飞翔，娉婷，鲜艳，千株的花冠戴在头顶
悠然，庄严，烂漫，夜夜星斗汇聚在苍穹
你是满目的苍翠，已绿染山坡
你是温柔的细雨，在窗前洒落

风的柔和，追逐一朵远去的白云
花的清香，栖息在四月的草原
天籁的声音让一只小鸟振翅飞翔
从现在飞向未来，生活在他乡

这是诗句突然紧缺的季节
土地苏醒，清香不散
今夜，我将四月的浅梦打包、带走
不愿辜负这遍地星光

遇到这个季节所有的花开了
人生如诗看庭前花开草木
风光越是无穷好
恰似人间四月天

秋韵

秋天来，秋韵至
如此静谧、清爽
树叶一改沉甸甸的深绿
经历萧瑟寂寥后
丰厚且斑斓地呈现在眼前

秋息到，秋韵落
风也渐渐地凌厉冷酷
那曾经一簇簇似乎满树的热情
浸染着坡地上一片金黄
此刻，秋天的安静
与秋风私语，与秋叶芬芳

漫步中热吻秋凉
蓝天为白云顾盼生香
凋零让四季更迭繁忙
轮回使生命有了乐章
遥望一望无垠的大地
谁在撼动心扉

此刻，诗情不再忧伤
绵绵细雨里前行踏浪
篱边瘦菊舒颜
赏阅无数芳华

诗人的情怀

作为一个诗人
怀揣着荣誉和喜悦
在母性的大地上收获硕果庆祝丰收
消失中的记忆和故乡
是丰厚大地的沉默和馈赠

作为一个诗人
紧握血浓于水的亲情
紧握生命最旺盛的那个根
珍藏一段刻骨铭心的爱情
留下岁月中最甜美的那段记忆

作为一个诗人
血管里最充盈的那一腔热血
属于他的父母亲人
血管里最浓烈的那一腔热血
属于甜美的爱情

作为一个诗人
始终把对亲情对生活的爱
酿成一壶甘洌的老酒

在以后的日子里

品尝回味，慢慢感悟

诗人诗语

磨砺让筋骨承接光阴敲打
磨砺让一切浮华烟消云散
磨砺让一切困顿葬身火光
磨砺让一切空寂荒芜于伟大
磨砺让一切平凡归根于脊梁

一头扎进人生的长河
待到喘气时，已是两鬓斑白
所以，既要善待不辞而别
又要珍惜不期而遇

谁也代表不了谁
谁也理解不了谁
谁也不靠谁
谁只能就是自己的谁

因此
一个真正的诗人
是在黑暗、痛苦和丑恶中磨砺出来的

诗与故乡

还好，总算找到一块净土安放我的乡思
混迹于时空交织的记忆
故乡仍旧保留着古朴秀雅的身姿
父亲犁地、母亲除草的身影
一张照片与光阴一起，沉静地迎接日升月落

就像花开花谢、叶绿叶落一样绵绵不息
犁铧破土而行，炊烟缠绵着村落和田野

土屋墙上纸糊的窗花发旧且有破损
忧伤承载着岁月的凝重与悠远
一部家乡律动的诗歌种进了土壤

每一片花，每一丛草，都是我的诗行
我把童年当序，流逝岁月拼凑成文
诗在故乡，春华秋实牵着过去也通向未来

时光

匆匆远去的时光，是一把生锈的锁
一年又一年，一天连着一天
无论黑暗、沼泽、大海、远古……
包括美好和希望
每时每刻无不在指尖流逝

昨日还豆蔻年华
今天人比黄花瘦
浴火重生留下一瞬靓影
人们啊，一定要把快乐永远纪念
让温暖的阳光照亮你的心川，照亮大地母亲

山川的流云，江海奔腾
寰宇的芸芸众生
时光将世俗打磨得生无可恋
岁月沧桑，只是一种记忆

轮回中徒步，时光不老
人间不值当，我们仅仅是一位过客

四月，怎能辜负桃花芬芳馥郁

阳光正暖的三月末
一夜间千树万树桃花开
在春天的轮回中重获新生
春风柔柔迈着轻盈的步子
蝶飞蜂舞陶醉在烂漫的妙境
十里桃花做嫁妆为远方美丽的相遇
许下一世繁华

燕儿呢喃送来家乡门前一派朱簇仙容
梦里几度纵马而过湮没红尘浮世年华
情思如雪覆盖家乡的那片山野
一张张笑脸，一缕缕沁香，一声声呼唤
在离乡游子迤逦心间诗行般绽放

背起行囊，决定在四月动身
尽情聆听这自然中所有绿植拔节最美妙的音符
放纵吮吸这甜甜的踏青的味道
如同，醉卧于大地的情怀，像风筝一样
举目游骋在万千花海
迷人的画卷没入百花吐蕊的心田

这片关于桃花源的爱情始终挂在心墙上
一片片花瓣轻飘飘地落下来
一段段粉色的记忆被手机捕捉
一幅朦胧的油画属于人间四月天
属于万千高原和生生世世的归途
我见过很多花
唯独无法辜负此刻桃花芬芳馥郁

随心所向

风在吹，草木醒来，蝴蝶
停在草尖，跟灵魂对话

山谷里的石头和流水成为
生命中的落款和日期

继续着各自的旅行。有时误入歧途
就停下，落于杯中

有时遇到繁花，就互相赞美
无须语言。记下这时的薄暮

无须试探河水
证明我曾与波澜相处
曾记否，时间在宽阔处慢慢堆积

那一年我骑着白马，从六盘山出发
肉身丢在了高原，灵魂却留在了平川

坦荡

我一身坦荡
背负文字的行囊
怀揣三千星斗
这滚烫的人间
风也浩荡，云也飘摇

春天带着勇气
一次次擦拭地面
想要消融泥土深处的冰屑
遥望无边的旷野，晚霞里
我都想把歌声献给这片火红的大地

夜晚逐渐声静，如梦小船游荡
生命如花璀璨，如繁星明亮

内心的马

冬夜里久久不能入睡。肯定又是失眠
一阵疾驰的马蹄声
裹着风破空而来
撞开我弯曲的身体
似有雪花飘然落在我的头顶
一朵一朵绽放，包裹着我的身心

肯定是我的梦想，人到中年
内心的一匹烈马依旧驮着我日夜奔跑
我还希望它有一双
天使般的翅膀，一直奔向远方

我的马儿流血流汗
虽然疲惫不堪，依旧全力以赴
经久不息的马蹄声
迎合着我心脏的跳动声
我的前面，没有鲜花，没有掌声，更没有喝彩
我的身后，只有奔跑的汗水、淌血的伤口

冬天的风

冬至过后寒气袭来
所有的生命如同最后一片枫叶
在空中摇曳
袒胸相见在冰天雪地里

枯萎的干草在瑟瑟发抖
冻僵的蚯蚓缱绻在冻土里
赤裸的山，赤条的树

山川挡不了它前行的身体，山川苍白如洗
河流拦不住它匆匆的脚步，河流酣睡成冰
唯有我执着奔走

毫无节制的空间里张狂的声音越来越放肆
尘世里那些恩怨爱恨也被吹走了、吹远了
这场严肃的表达逡巡于茫茫大地
叩问着圣洁的灵魂
叩问着红尘的是非
叩问着所有的生命
唯有我一直孤独

忘记城市的繁华与彷徨吧

直面这场冷暖

月亮山以东的滥泥河谷

我守着一盆炭火

捡拾起曾经遗失的一缕温暖

散步

在这座城市生活四十多年
从街道深处走过的人，即便
一声咳嗽，我都能辨清
包括那些断裂的石阶

如果身体尚可，或者有更多碎银
我会让爱更长久，更饱满一些
这个城市的最低处，尚有
故乡的方言和气味

散步的路常在
若干年后
便成了传说

终有一天，我会渐渐老去
以最古老的方式，归入尘土
一本书，一盏茶，一缕光
希冀真正的自由，内心的安宁

听闻远方有你

听闻远方有你
缕缕清风
我的心跳，骤然加剧
邮寄牵挂的初衷
曾经蹉跎的日子愧悔难言
还有什么能阻挡相逢

听闻远方有你
轮渡起航
希冀承载鼓浪屿的情深
希冀陪你登上玉龙雪山
即便星光阑珊

听闻远方有你
铭心刻骨
便不顾翻山越岭
我拥抱你拥抱着的夕阳黄昏
不问山高海阔
与你，予你

万物懂得相互珍惜

生命，就是与自己道别
在时间的追击里
深入浅出地，抚平内心的沟壑

天上的云朵交换着洁白
万物懂得相互珍惜

那些不回家的句子，埋在
炊烟的村落里，埋在草木的沉疴里

祈求忏悔，匍匐，成一堆泥土
山坡上，荒草遍野，在风中摇动
一年又一年，山坡从未停止转动

我的诗意王国

我的王国
已将空灵的诗
栽种在广袤大地上
心心相印
诗歌带给了我诗人的胸怀
诗歌带给了我诗人的风骨
诗歌还带给了我勇往直前、永攀高峰的勇气
我歌颂每一座山
我赞美每一条河
我丈量每一段路

在诗里，有走不完的路
在诗里，有割舍不了的情

我们拥有什么

我想跟你谈一谈田野、老房子、丛林
我要用锄头刨开野草的根，铁将发光
我吻那些泥巴，乡亲们走在傍晚中
人们在时光中相恋，在风尘中吟唱
他们手拉着手，守着大地
他们胸中藏着诗篇，如草籽中藏着春天

远方有盏灯，在风中摇摆，照亮远方的道路
像一滴归于大海的水那样平静
像一座山那样严守巨大而干净的秘密

风吹云走，走不动的是一个词
和一个词深处的隐喻、照耀和喷涌
一个词，一场突然而至的暴雨
一片海，反复不停地把波浪推上沙滩
一个词，在一座山城，裹着这里的生活和身体
一句话，把几代人的光阴压成一张轻轻的纸
写满爱情、眷恋、往事、梦境……
从坚硬到柔软，小小的篝火，映照逝水
转过身来，与你我、与生活、与世界相爱

时间之内，或时间之外
我将在诗句中度过深宵
在花儿中捧起带蕊的前程，如捧芳香

我在秋天等你

我在秋天等你
北京香山的枫叶斑斓如画
哈尔滨提前为冬韵打卡
我在故乡的一个夜晚
文字在指尖飞舞

我在贺兰山等你
一只岩羊在石崖上
峭立出一道靓丽的雄姿
西夏公主流落民间
与牧羊娃结婚生子
英雄冢落
王者怒发冲冠
兴庆府酿就的半杯甘醇
醉心于一粒西域葡萄
却芬芳四海

我在胡杨林等你
骨骼裸露，挥手遥指苍天
横卧荒漠，脊梁笔直如碑
何种信念，让你忠贞不渝地固守家园

那迎风、迎雨、迎击电闪雷鸣的季节里
何等刚毅地傲视远方享受孤独
那村庄、河流、城郭拥抱你裸露的身躯
乃至血液流尽却三千年不倒

我在葫芦河等你
夕照中五月的田野盎然
坡上的野草在煦风翻涌中轻吟浅唱
父辈收获喜悦也收获希望
每个清晨、黄昏，每时每刻都在思念

我在诗中等你
游走在文字的空间里
即使远隔千山万水
也会字字珠玑幻化出神奇
而我在冰天雪地中
嗅到花香，听到鸟语
尽管我们从未相识
但我依旧愿意在诗中等你
我们之间只隔着
一首诗的距离

习惯在纸上奔跑

习惯在纸上奔跑，
纸上，盛满了我内心的黑与白
方寸之间，有花前月下，有小桥流水
有战火纷飞，有闪电雷鸣
有喇叭声碎和马蹄声咽

所有的文字在纸上跳跃成行
供世人汲养于万古流芳或宣泄洪荒
一沙一世界，一花一天堂
离别与重逢，是人生不停上演的戏
习惯了，也就不再悲怆
很多东西，看得透，却不说破

镌刻着智慧，用笔尖的流畅
空白的纸张就会有灵魂、花朵与无限的想象

习惯在纸上奔跑
精神就有了向前行走的方向

虚无之美

江山仍如画

比如，云雾缭绕的云雾尚需山峦支撑

比如，水可以泛舟，亦可覆舟

比如，面对许多谋生的汗水，皆是生计

人潮散去后

置身于空荡荡的街头努力回想

一株树成就一片风景

一片落叶知秋

一季落花沧桑

亭中的茶，已成空盏

春光焉能不负人

许一份阳光明媚

在龙王坝，看日出日落的婉转与温柔
早晨清新的空气鲜美地流到了心脏
血管里营养最丰富的莫过于流淌的节奏

我在阳光下说出的爱
是真金白银，是最真实的声音
蓝色的天空，我在懵懂中融入这片山乡
生活开始在流动中安静地燃烧

远方飘来一阵歌声，飘过山谷
幽幽花香，一只蝴蝶在身旁翩翩起舞
许一份阳光明媚温润心境
择一枚花朵芬芳幽居幽远

夜晚如此静谧

杨湾村的每一个夜晚都是静谧的
唯有几盏路灯恬淡地明灭
迷离的夜色如初恋的姑娘
柔情依依，在灯晕下
婀娜多姿

大地和天空、星星和月亮耳语厮磨
村间树木伫立成一道影子，在长高
四周寂静，可以听到自己的呼吸声
偶尔一两声狗吠声划破山野
由远而近

看不见升起的炊烟
却闻到了锅里的菜香
而我只是一个过客

摊开素笺一张
染墨成殇写满思念
夜晚如此静谧

一个奔跑的清晨

一个奔跑的清晨，在一株草里
听见了疾驰而过的马蹄声
一位自称马一样的女子
她率直、美丽，用河流写诗
她安静、内敛，露出赧然微笑
她长发齐腰令人心动
眼睛里倾泻出的星光，如酒

在多舛的命运里
山脉的走向，以及
风的悲泣和嘶鸣
我把一株草紧紧地握住
在眺望和低头的瞬间说出苦痛与爱

坐在草地上，身体的山川瞬间被填满
越过纷扰，旧日子被生活一再挤压
大自然的交响随着潮声发出虫鸣、雀叫

一叶知秋

一台老式水泵将寂寞的夜色抽干
葱郁的绿丛中惊现少女的簪花

流水蛰伏，深谙韬光养晦之道
我一身涌动的血液却过着极为平常的日子

一阵西风如约而至
摇曳一池枯荷

有早慧的几片叶
深谙秋心

片片知秋
一叶知秋

一种幻觉（组诗）

一

我是夜晚的风，不知道回家的流浪歌手
随意站在岩石的上方构思出触目的精彩
不经意间，隔世的幻觉
被远古的青铜剑，肢解得七零八落
青春也成了不可触及的遥远
谁知道如何跨越怎样的地平线

二

我走远了，塔克拉玛干沙漠在激情飞翔
一粒粒沉重的种子，像蒲公英受到魔咒的点化
虚拟的日子，拼凑着蛮荒的草地
一个季节的咒语，让博斯腾湖燃烧起冲天焰火
曾经想做一个拯救世界的英雄
要么平淡无奇，要么与众不同

三

我走远了，一切的谎言与我无关

华丽的残月，悬挂在病态的诗词结构里
我们活着
或者是不可抗拒的伪装者在创造更新的山林
许多裸体的花朵，顽强地雕刻着纯粹的思想
攀岩而上，昆仑山的姿容已经远去
即使现实与梦境正背道而驰
要么静默坚守，要么呼天喊地

山里的风

山里的风
想刮就刮
想停就停

敞开胸怀迎接气流的地方
顺着垭口流淌的就是山风

大山里劳作的汉子
塬上走过的婆姨
做人做事，如同山里的风
直来直去

遇见你，许我一生灿烂

若不是偶然遇见
就不会悄悄把你留在心间
若只是偶然遇见
安能驻足留恋这须臾之美

一块丰腴的土地上
藤蔓延着希冀爬进我更迭的心房
在翠绿的枝干绚丽绽放

时光飞驹过隙
世间所有的美好都在翩翩翱翔
所有的幸福芬芳驭乘春风十里
许我一生灿烂

那醉心唯有一抹红
连同我耕种的诗歌
一并嵌进大地每一寸皮肤
滋润身体每一条肌理

远方有路，诗意盎然

想去比远方更远的地方
最好是一座无人企及的孤岛
沐风而眠，浴雨而憩
放纵奔跑，抑或一个人独自哭泣

机械地维持着发霉的生计
二两碎银五斗米供奉着颓废的光阴
曾踌躇满志心向明月无奈明月照沟渠
一粒红尘中的蜉蝣只能沉浮于苦海

而我，依旧那么热爱生活
春风里，月亮映亮漆黑的角落
便不再恐惧和害怕，跌跌撞撞地向前爬行

那就来一场轰轰烈烈的远走
在一个有浓雾的黄昏远走，到有诗和生活的远方
诗歌中的青春，有花朵的芬芳和青草的芳香
大路千条沧桑，诗意和机缘在行走中体悟
昨天已经死去，那就让暴风雪埋葬

阅读我的村庄

夜晚的天空，弥漫朦胧的意象
熟睡的村庄，静谧安详
安静，劳累之后的安静
均匀的呼吸让整个村庄沉稳
墙上挂着的锄头和镰刀，同样安然入睡
此刻，所有的灵魂都很坦然

岁月，磨砺出不屈和倔犟
日子，磨砺出一层层老茧
乡村的田园，散发出泥土的气息
田园的故事，在指缝间疯长成光阴

我听到小麦、玉米、高粱拔节的声音
还有时令的蔬菜
每一次耕种，都是一种欣喜、欢乐、幸福
爱上我的村庄，就能把收获的味道品尝

致我最可爱的女儿

你悄悄来到我身旁
犹如一束光照亮了我的生活
我的小天使

只要你在我身旁
所有的烦恼、忧愁烟消云散
唯有你的一颦一笑
给我快乐，给我欣慰，让我期待

我抱你、亲吻你、抚摸你
你的小手、你的小脚丫、你的所有
我感觉世界馨香、欢愉、芬芳无比
和你在一起
生活那么纯粹、清澈、干净、透明

我给你起了好多可爱的名字
在我自私的心里
世界上所有美好的字眼
莫过于你甜甜的名字
我给你唱歌读诗讲故事
一遍又一遍不知疲倦

你是我生命中的感叹号
乖巧蓬勃且活泼异彩
你开心我就开心
你快乐我就快乐
你绊倒摔疼我就自责不已
你生病受伤我就煎熬无比

我知道我对你时时充满溺爱
可我是你最糟糕的爸爸
我为你蹚遍满是荆棘的路
我为你纵马扬鞭无怨无悔
我为你摘得向阳的太阳花
即便在风里雨里

有你的陪伴，生活才不觉得乏味
牙牙学语时你翻乱小画书
你的小嘴里的每个音符
都是爸爸内心世界
最美的语言
即便听不懂

每次，与你咿呀对语
我惊诧于你的灵动

你的新动作新神态
一条幸福的纽带
在我们所有的惊奇里
你迈出人生第一步

一花一叶，一草一木
一点一滴，一哭一笑
光阴在指尖消逝
喜怒哀乐在交错磨合间逐渐成形

以后的日子
爸爸陪你
你牵着我的手悄悄长大
我握着你的手慢慢变老
直到，你长发及腰
直到，我白发苍苍

自我修复

这是个不太晴朗的春日
风本分地吹着，几只小狗本分地嬉耍着
外面的世界本分地运转着
我一如过去本分地蜷缩在值班室
打发着发霉的光阴

出去走走
置身于野外，枝头新绿推开荡漾的涟漪
我渴望我的目光熠熠生辉
连缀成一段段绽放着朵朵花儿的诗篇

只是这心情，哀怨的风一次次吹乱我的头发
我习惯了一边悄无声息地崩溃
一边悄无声息地自愈

大自然是最好的疗养院
它可以抚平你的忧伤，治愈你的心结
田畴里弥漫着花朵的芬芳
一缕阳光破云而出，一切都磊落光明

走笔二十段（组诗）

一

万物如尘粒，终被风吹走
一群从静宁塬上迁移过来的羊
低头吃草，牧羊人的眼里，皆是光阴

在西海固，当村落的炊烟在大地上升起
一切美好都静水流深
一切繁杂都尘埃落定

二

月亮山，三千年不落的日月星辰
掠过万千风沙只为一段宿命
好水之战的战场
不论叫杨牧隆城，还是叫沐家营
或叫单家集，或将台堡
也仅仅是
一座日耕暮息的古城

三

萧关古道
月光照进山城
千年的萧关亦是那样的悲凉
吻别了凡尘的遗憾
留给人间的只有牵挂

四

震湖也叫堰塞湖，粼粼潋滟，澄澈百年
暗涌记录着岁月冲击时间的痕迹
每一天都刻骨铭心
每一天莺飞草长，在被遗落中长出茂盛

五

谁踏歌而来？衣衫褴褛的一支队伍
那位伟人和大贤在陕义堂的夜晚
以两杯盖碗茶解读单家集夜话
让千古绝唱的文字，谱唱长城谣
伫立六盘山，何时缚住苍龙
谁主沉浮

六

和南方的女子谈情说爱，喜结良缘
我们的孩子既豪迈，又细腻
一个要当商人，一个要当歌唱家
大城市中总能看见一些老人或年轻女郎遛狗
什么狗都有，这些狗都深爱着它的主人
它们常常舔主人的脚，像舔着夕阳的骨头
舔完了，就跑到墙角，痛快地撒一泡尿

七

星空下，唯有石头谙熟声色
孟姜女转世为雪花，在北风里呜呜地哭
一哭长城倒下，二哭山河被毁……

朝代更迭如水流。史书中穿插着两种人
一种忠肝义胆，在石头前被砍了脑壳，如一块断碑
一种蝇营狗苟、奸佞一生，试图用谎言盖住脚背

八

穿越了春天，在某一时刻

我来到乌鲁木齐，红山公园的长廊里
被一些平凡的事物感动
夜的空气里溢出淡淡的清香
饿的时候，把它咬成弯弯的嘴唇
历史压缩成几页纸的厚度
还有谁，翻得动它的沉重

九

总有一座山峰，高出脚下
目极之处，草木知命
谁素手书写历史的崭新
放眼尽归一，悠然拂袖人归去
策马四方兮，纵情诗酒年华趣
静寄山庄，缩小了的帝王行宫

一支情歌没有它正确的音调
将军台上李靖舞剑，舞天下争纷
古今多少兴亡事，沉思一杯酒

十

有老马识途，万马铁蹄
踏石径为路，一路扬尘

唐朝的硝烟还未退去
宋的战争快要鸣金收兵

只有落在下方的注释
像贯穿历史始终的鸟
它们活跃在自己的天空
不遗余力地把每件事情诉说分明

十一

风风雨雨一生
逝去，是最真实的年华
星球只不过细胞
谁是宇宙的骨架

共携自然的生命
走我们生命的自然

十二

隐于俗世
一座村庄，数长亭木栏
一座小镇，四野桃花绚烂
我长久地驻足于山谷

这里的草木

柔韧任性，纠缠不清

掩藏了一部分秘密，袒露了一部分秘密

被不同的人解读

十三

时光更迭，依然是海

奔流而来，急速而退

用了亿年，高山的凸起源于海的退却

千万条褶皱里繁衍生命

记录最初的萌动

想象比过程简短

十四

大漠不语，驼铃有声

把春天嫁给六月

可五月还在飞雪

那一眸醉了千里万里的边疆

纵览历史的风起云涌

横观古时的烽火硝烟，举目四望

天苍苍，白云浩荡

八百里秦川连绵起伏

占你一隅。把世界缩小到一米的地方

十五

我的指尖触摸到一颗泪滴
一种清凉，无人瞧见粉碎的阳光下
我战栗的心渴望打开
目光落点可否收留我游移不定的心

爱与恨的共性，内心深处的疼
细微而彻骨
亿万年过后多么年轻的姿态
滋养一方人民

十六

阡陌幽径，那些花儿
任性地伸出小小的刺
捍卫着小小的尊严
小麦蛰伏在大地，由青转黄
一茬一茬生长着养命的光芒

十七

除了荒凉，我找不出别的词汇可以描述
无数的砂石燃起一团团黑色的火焰

绵延不绝的丘陵，剜割成
千奇百怪的形状
裸露的沙砾，承载不了生命的重
骆驼在温暖的梦里思念绿洲
孤独而落寞的胡杨
痴情等待着千年的约定

十八

从灌浆开始
麦苗的身子数着节气丰盈起来
在风中传播五谷丰登的喜讯

镰刀弯腰，汗水涔涔
干毛巾轻轻一抹的瞬间
耕耘者收获希望

十九

我愿意让所有的声音，退回到无声
退回到我们的眼睛刚刚被打开的时候
美好的雏形干净无染

二十

诗歌之下
日子成行
唯有粮食装着生生不息
如果敬畏生命
就应该一如尊重粮食
而不是无休止的浪费

看看黑色的非洲难民
粮食比亲娘还亲

坐在崖畔上遐想

尘世是宽阔的，也是斑斓的
有着刺目锥心的诘问

一个牧羊人递过来烟，另一个
把烟对着，并不说话

像一盏一盏的灯
在黑夜里依次亮起
上山的台阶
被一片落叶托着

农夫不会喝酒，但是必须
会种土豆。一垄一垄的
土豆在土里，土豆们养着筋骨
一颗土豆养育一片土地

我喜欢土地的诚实
锄头的简单，四季的守信
累了，就去崖畔上坐一坐

西部放歌

　　文化是民族的精神命脉。我们要把那些无限深情、具有崇高美学风范的诗篇奉献给时代和人民。做到胸中有大义，心里有人民，肩头有责任，笔下有乾坤。努力深入火热的生活，倾听时代的声音，讲好中国故事，向世界展现可信、可爱、可敬的中国形象。本辑所选篇目以文化人、以艺通心，真实书写、热情讴歌时代和人民。作品通过现实的真、人性的善、艺术的美，把个体命运和历史使命结合起来。在社会发展和历史变迁中寻找心灵深处的希望与坚持。

悲壮行走

在这部山脉作为书脊的史诗里

光明和北斗，青春和芳华

砥砺和崛起，富强和正义

镰刀和锤头构成的图案，关乎

信仰、主义、命运、理想

如果再仔细阅读一遍

就会清晰地看到一些字句上

还沾着当年的草叶、污泥、汗渍

叹息、呻吟以及早已暗淡的血迹

行走在无人区里的一支队伍

或悲壮、或肃穆、或英雄……

沿着一首诗的韵脚走着

把每一条河流嵌进诗行

在漫漫征途，一股无与伦比的力量

越过一座座高山

跋涉一条条大河

每一次行军的脚步里

都能听到鲜血汩汩，流淌悲鸣

在这样一场气势磅礴的行走中

热血和坚韧、胆识和意志
以及烈焰燃烧着激情
都把根和魂深刻进红色的诗行中
悲壮行走，铁流万里，风雨兼程

一首歌谣

一首歌谣，意蕴三千年前的朝气
用嘶哑的嗓音，悲戚的心灵
牛羊在吃草，风刮过我时
海面上掀起波涛

一首歌谣，这里已是万千群山
用五百年西夏风霜里的容貌
敦煌流沙里的拨弦
用尽墨写的初衷，造就娴淡之笔

为此我悄悄流泪，在深夜送上问候
除此之外，只有耀眼的刀尖闪现一道奔腾的光
这清冽的水脉镌刻爱意
一枝开花的老树怒放新枝

高山冻土里的往日凋谢
破茧的痛，羽化的痛
马蹄哒哒，三万里寻书
一切完好如初，如今夜的床前，屏风枕头山水

吟唱一首大地的歌谣

用根须抓住泥土，做一棵静谧的树
洗净我的骨头，在一页烧焦的册页上
一句一句，铭记这些刚硬和温暖

单家集夜话

我在想，我能不能为你歌唱
我在想，我能不能为你骄傲
我在想，我能不能和你相拥
我在想，我能不能与你同在

这是一道红色基因赓续成亮丽的风景
从遥远的雪山，泥泞的草地
从血染的大渡河，巍峨险峻的夹金山
他们肩扛着民族大义，用树根和皮带
咀嚼着青草、雪山、沼泽的浩瀚诗句

就在那个很平凡的黄昏
一支衣衫褴褛的队伍，一群朴实憨厚百姓
他们用至诚至真的礼仪迎接最高贵的尊严
在天地间书写前无古人、后无来者的传奇

那位伟人和那位贤者热烈地促膝交谈
一盏油灯，两个盖碗守护荣光
一颗红星划破黑夜，划破万里长空
思想深邃，目光如炬为智者推开那扇睿智之门

他们用喜悦和幸福见证了鱼水情深

他们用坚定和勇敢燃烧了满腔热血

一道信仰之光把理想点燃

一座精神丰碑在六盘峰峦屹立

不离不弃彰显情深义重

负重前行方可不忘初心

百年单家集步履铿锵、诗意盎然

铭记

从每一个人、每一棵树、每一株草开始

佳话传唱百年

红色史诗

从七月开始，中国就进入

红色史诗的创作期

震撼时代的百年佳话要用文字的年轮

为打造一艘百年航母抒写复兴史诗

一部歌颂天空高傲的灵魂

秀水泱泱的南湖

苦味中擎举信仰

风雨中昂扬前进

困难中顽强拼搏

甜味中践行初心

辣味中坚守品格

热血与激情浇筑信念

生命和责任庇护使命

意志和决心树牢旗帜

一路开天辟地、披荆斩棘、一往无前

百年历史，百年沧桑

百年奋斗，百年辉煌

一旦破土而出

迸发出磅礴的惊人力量

像红线一样

串在每个人心上
成为
百年历史最灿烂的篇章

红船精神，永放光芒
它挟着风，裹着电
穿越草地，跨过雪山
顶天立地，浴血抗战
它顶着风，冒着雨
井冈山红旗，遵义方向，延河宝塔
西柏坡铮铮誓言
赶考为民情怀
初心扎根心间

初心是最甜的
南湖红船穿越时空
引领十四亿华夏儿女劈波斩浪
一路风雨尤阻
一路霞光普照

头顶上的红星是烛照史诗的灯
镰刀和锤头构成的图案，关乎
信仰、主义、命运、理想
在闪电叩击金秋的时刻

呈现浩大与壮美的前途
八千里路云和月，画卷般的魅力
引领着所有的追随者

一次次春潮涌动
都让一条道路更加清晰
都让大地提振一次精神
每个人都有一颗不变的初心，如同
每一条河流都有源源不断的热爱
因为，还有那么多路等着我们去走
路上繁花似锦
路途道险且长

滥泥河风

风舞起我思念远古的记忆
1920 年特大地震
地形破碎，沟谷纵横，地貌改变
斗转星移百年
哀嚎着游走滥泥河

滥泥河，若不是因为我
有谁能知道你曾经旱渴荒凉
滥泥河，若不是因为我
有谁能知道你依旧刚烈苦难
滥泥河，若不是因为我
有谁能知道你负重完美蜕变
滥泥河，若不是因为我
有谁能知道你悲悯诗意远方

流传滥泥河的古今
卑贱抑或尊贵透出生命的韧性
问道于长天，滥泥河几度夕阳

流淌滥泥河的生机
从河套、长城、大漠

从六盘山、月亮山、葫芦河
杜甫在萧关古道回应
王维至塞上忧国忧民

滥泥河，我如此渺小而纯真
我用年轻的臂膀
抚摸柔情依依的波澜
久久注视，梦呓里滋长
幻化为眼帘的雨季如瀑垂落
你用拂晓之风清洗尘垢
春天的主题在我纤弱有节的心中
蕴蓄着燃烧着青春和生命的火焰

就在当下，敢教日月换新天
从脱贫攻坚到乡村振兴
只要倾听，用心记录
这片土壤最深情的音符
就会奏响永无止境的感叹和激昂

我们一起上路吧
前面有河流、彗星、旗帜下的谷穗
那皇天、厚土、白手巾
那悠远深长的花儿
那些时时刻刻要铭记的伟人
无与伦比的真理

在阳光灿烂的日子里读史

在阳光灿烂的日子里读史
我们在崇高中充实地活着
浪漫的手触及诗歌的语言
向往光明又享受生命

我们的内心是怎样的虔诚
为了接近完美
我们把自己的情感带向童年
独辟蹊径凸显诗人的个性

我从《诗经》走进中国现代乡土
用最美丽、最哀伤的部分
与世界接近，与不朽同行

我们把头顶星辰的亮度
称之为光明
让一些秋天的品质
盛满宁静的飞翔与深思

仰望六盘山

与云朵牵手在六盘山的峰峦
雄姿挺拔成一种高度
一面面红旗猎猎
花儿声声
吟唱传奇

当仰慕的目光
漫过漫山遍野
成吉思汗弯弓射大雕的身姿
早已无法企及那位伟人的袍衣

巨人挥手处气冲霄汉
沧桑巨变中沧海桑田
那段激情燃烧的岁月里
风流人物尽数
挥斥方遒间指点五千年历史
何等伟岸，何等气势磅礴

带着泥土的花儿馨香在山间真情飘荡
我诗心如潮
从井冈山到六盘山，走进中国革命史

走成一座丰碑

视野里成群的小云团缓慢移动
羊鞭甩响在天空中似阵阵惊雷
我被锁定在山高三千丈
仰望六盘山
铭记六盘魂

一首赞歌

谁能知道，暗夜的曙光如此明媚
谁能理解，穿上防护服就是战士

一组逆行的兄弟姐妹
替天下苍生负重前行

寒风中松花江坚冰般厚实的胸肌
透出，木兰烽火的温度
挺起，大别山的脊梁
涌动，长江血脉奔流不息的血性
九曲黄河悲壮，母亲诉说

雨后的清晨被清新包容
我把赞歌注入纯洁的字里行间
奏响一首盛世和谐的强音，此刻
春色的喜悦，高过心间，在珠穆朗玛峰巅绽放
诗意永恒，春风终会眷顾人间

这里是马建（外一首）

翻过土窝刘垴蹚过白家台

走过庞湾周吴台子地

品尝了大坪白虎杨支书家的馓子

大湾铁家姑舅端来两碗浆水面

鲜韭菜叶儿再把心事勾起

和美富裕的日子演绎着新时代马建梁

迎面而来的文化馨香

"钟灵毓秀"醒目熠熠

街巷人声鼎沸却干净利落

路边的集镇

小吃杂粮、油盐酱醋

漫步其中，我们只是匆匆的过客

买卖的趣味

交际的欢悦

点点滴滴维系着这里

最朴实的生计

马建的耕耘者们

正在全域播种一颗

民族团结的石榴籽

一个乡一个传奇
一个村一个故事
从"创建模式"到"枫桥经验"新实践
从乡间大舞台图书室到校园"团结树"
走过沧桑的风风雨雨
厚重朴实的大地上
山花烂漫，牧歌飞扬
守望携手，花艳芬芳

马建的人与人相依相助
马建的山与山相守相连
马建的人情世故暖暖流淌
马建的民族团结是一杯别样的蜂蜜
马建的人民普普通通的日子溢出甘甜

离开马建的时候
灿烂的阳光照耀着欢快的人群
和煦的柔风吹在脸上
远山早已盎然生机

马建"团结树"

在马建中心校园
你挺拔的身姿

迎接着我们远道而来

不曾慕名，只是一种偶然的邂逅

从上到下没有一丝凌乱

被规则和俗成驯化后

默默分享雨露和阳光

婀娜多姿的身材

如伞，如帽，也如锋

如痴，如醉，也如睡

孩子们围着你

晨读，嬉闹，也呵护

不问你来自哪里

只见你如此气度

一定要感谢那位塑造者

那是怎样灵巧的双手

时刻让你

干净、纯粹、矜持、自爱

请允许我草率地为你命名

——马建"团结树"

你的高颜值酷似那位伟人眼中的石榴

有道是花开石榴、籽籽连心

这是一块青春的土壤

这里有一支青春的根脉

风来彼此招手
雨来彼此点头
太阳出来时
却又彼此蔚然成荫

我诗心如潮
岁月沟通了岁月中艰难的岁月
就像生活源自一种严峻的瞬间
又一个明媚的早春到来
再次伫立滥泥河，我看到
青春的理想，母亲的希望

六盘风

一块泥巴从女娲的纤手里滑脱

几个筋斗掉进了西海固

徒涉西海固的脊梁

我无缘登临世界屋脊

感受大山深处不胜寒

可我一到六盘山

肝胆腑肺胸豁然

若有脉脉愁怨亦烟波浩渺

血丝苦恋将我大山几辈人

铺成宣纸裁成万壑绿松挥洒出神迹

我沉吟伟人的大手笔

在山民们吧嗒吧嗒的烟锅子里

吸成淳味甘厚的传奇

目睹春天悄然流逝，冬天衣冠如雪

山民们狂热地亮出黑黝黝的胸膛

让苦苦期待了万年期盼永恒晾晒

让诗丛里的文字抖颤狂旋地呼吸

横过隧道沿峡谷哭出无数画面

黄土塬上浩荡着民族之魂
满山的羊群，满坡的野花
满沟的小溪，满洼的庄稼
满岭的云雾，满崖的蒿草
着实酣梦一场

心扉

我从四十九层台阶边

让黎明绯红色的风景

映成一面年轻鲜艳的五星红旗

我从母亲祖国潺潺流淌的记忆里

用犁铧翻卷思绪，飘起晶莹的晨风

激荡的情感点燃理想之光

星光璀璨挂满九天的瀑布

叮咚成清澈的泉溪在我的心扉集合

顿时我喜悦地憧憬

在希望的黄土地遍洒

我为祖国为母亲高歌一曲

广袤原野大地上回响起划时代的颤音

强大的冲击波震撼着世界感动着世界

蓝色海洋惊诧声中含着不解的惑

世事沧桑冶炼您的经历

您曾以阳光充饥，以清风奉献生命的绿色

您曾经盖世的万里长城引无数英雄竞折腰

黄河长江奔腾激流的脉搏里

剧烈跳动的频率燃烧我灼热的喉咙

您曾把火焰举过青藏高原缠绕青山南北

姿态拔节，步伐从容，总是沉着而有力
当殷红的鲜血、辛劳的汗水浇铸成美丽
龙之图腾屹立于世界东方

宁静地唱咏（组诗）
——为《固原日报》1999年扩版而作

一

当西海固人的汗水凝成碱花

形成晓日般的苍凉

当西海固人翻遍每一块土地

寻找图腾的经络

当西海固人把日子淹在苦苦菜里

祭奠夏禹阵阵的镢响

当西海固人的泪水忧郁成花朵

无法挥去风霜的痕迹

当西海固人流浪的籍贯从泥土上疼痛地分娩

我痴妄地呓语

像含羞草、狗娃花一般向您靠近

二

我阅读的节奏使呼吸化作急促的钟声

子规把啼鸣穿越霞光霭健美成爱情

我痴痴的心语偎在您温暖在心窝窝里

失修的年代里弯曲成畅想在大地疾走

而白雪的光辉似光的吻
让我穿上远行的衣装步履蹒跚
《固原日报》我是您的游子
我醉心如清泉把爱欲游弋于草场六盘山脚下
驾着岁月驰骋于小路撑起山风行笔如涛
老槐树下老少爷们谝传唠嗑尘土飞扬
故事里尽是男人种地的牛鞭、女人密纳的鞋底
贴在婆娘脸蛋上硬茬茬的胡须是告别的爱礼走
为日子闯南甚至回不了家的衣衫褴褛之时
唯有您是我灵魂的补丁
尽管在鱼米之乡我饥肠辘辘

三

我透过空洞的理想直视波动的现实
我试图朗读岁月丝语折叠出的清秀
我手握锄柄凝望上苍
双眼瞪成每一个黄昏的窗口
喜和悲在诗的行列中行进
我掏出一把黄土攥出殷红
流动的是怎样的情感和默默的期待
似乎来到人间就是啜泣
而您那两条打赤脚的腿
用融融信念濡泽这片土地

浑然成一曲深秋的颂歌

奏出贝多芬的《命运》

舒展在绿色的地平线上

西海固啊，终有一颗星迸溅辉煌

为您，我诗心如潮

哪管如瀑的泪水滴滴留痕

我欣喜于西海固人永攀不悔的气魄

我感叹于西海固肺叶也会盛开花朵

我的每一位朋友神奇的文字里洋溢着欢快

我看见含羞草慢慢解开乳汁润湿的孕衣

一朵傲然挺立的狗娃花含苞怒放

微风过处沁香一派

抚慰着西海固大山深处的一切生灵

茁壮成长

四

您站在民族的最前线

让命运生出光灿

您用青春和热泪呵护

这方湛蓝的天空

在宽阔的音域里有动人的音符且歌且舞

泼染山峦荡起的花儿大调

是西海固人机关报新颖的面孔

此刻，我站在瘠海一角
翻阅注视您美丽的身姿
弥漫着香气的字里行间
一双双强劲勤劳的汗手
正将繁荣富裕千古跫音摘取
我便读懂您昔日的艰辛与坎坷
一切一切，睿智释然成绿色标记
再次为历史增添绚烂的一笔

西海固的风（组诗）

一

远古的思念鸣出合欢的颂歌
我用年轻的臂膀
抚摸柔情依依的波澜
梦呓里滋长着无数江河
幻化为眼帘的雨季
青春天的主题在我纤弱有节的心中
蕴蓄燃烧着生命的火焰

二

那仅限于半个世纪之前的悲哀
在潮湿的时空近于崩溃的边缘铸造生命
谁能剪断顽强与坚韧
想起大漠边、崖畔边
一群倒下又站起
倒下又站起不死的好汉

三

西海固贫瘠吗

我此时脚步蹒跚、饥渴难耐

凄迷的双手盖住迂回的过程

无法抚慰昔日苍白的历史

语言的焦点生于这块土壤

就像生活源自严峻的瞬间

岁月沟通了岁月之中艰难的岁月

每一级台阶和每一片色彩

塑造了人间至纯的爱情

走进精神的摇篮和情感的云端

冢埋在沙坡头的千古跫音

传来盛装楼兰新娘的歌曲

拷打出我灵魂的文字

注解着一道凤城的新姿

横过六盘隧道让清风飘送吉祥的祝词

那是青春的理想、母亲的希望

六盘古道铁流滚滚

一支干练的队伍
褴褛衣衫的蓝色几乎被洗白
精气神透过黑黝黝的脊梁
大河汹涌，高山巍峨

单家集，父老乡亲依依不舍的目光中
坚定地阔步前行在
曲折逶迤在好水川古道
凌晨的露珠打湿了裤管
草鞋踩在秦长城遗址的枯草上

北方十月的冷意丝毫没有颓废这恒久的激情
怀窝里的鸡蛋尚温热
褡裢里面的油拌干炒面香味隔着布袋也能沁心入肺
让一脉红色的追求
在六盘原野上迎着曙光

镌刻于岩石的文字
昭示世人，催人奋进

诗意之歌

你一镢头，我一镢头，大家全部抡镢头
你一铁锹，我一铁锹，大家共同执铁锹

挖开了月亮山
掘开了葫芦河

寻一块土地
种下诗意长出诗歌

远眺，石榴花开
近观，籽籽连心

最美人间四月天（组诗）

一

花满蹊，桃浪起
梁间呢喃，洋槐满枝
细雨点洒花前
春光一泻千里

又逢最美人间四月天
庭前花开草木的闲情中
与美好光阴共度
人生如诗

飞扬的柳丝是你临风的秀发
河畔的嫩草是你灵动的睫毛
燕子的呢喃是你娇羞的耳语
气温的升降是你真实的情愫
盛开的鲜花是你华美的衣服
和畅的惠风是你温热的气息

二

凌公塘堤畔的垂柳
扭动着迷人的腰肢
在人类所处的维度中
岁月是那样一如既往

我掬起从喜马拉雅山脉
流淌了二十亿年的山泉
无限深情地畅饮
冰凉早已不再
和风又是细雨
润泽我的心田

三

经一场雷雨，历一季风寒
四月，孕育的美好
不觉间，小院闲窗春已深
身临人间四月芳菲处
揽一缕春风入怀
杨柳依依拂面
微风乍起，香气溢满园

行走于旖旎四月
只觉风光无限好
于时间无涯的美丽中
镌刻成永恒

愿我是你心中的太阳
晒干你阴沉的心情
愿我是你人生的一本书
每一页都在续写新的足迹
愿我是你梦境里的影
醒来之后依然把幸福回味
愿我不负青春的使命
遇见最美的你
把希望推向彼此

四

所有日子的气息，从你漂泊开始
我知道，今生不能在你眼前
我的体温，我的血脉
在历史的长河中沉淀升华
氤氲出书香的气息
载着特有的人文底蕴
人生四季

既有小桥流水人家的婉约
又有"自信人生二百年，会当水击三千里"的豪情

细小的溪流，潺潺的河水
菜籽拱破地层到我所不能看到的地方
生根发芽，繁衍生息

五

一辈子很长，做梦的时间很短
花很烂漫，果实那样芬芳
花开的声音落满淡淡的余香
沁入肺腑的路径，一直
延伸到远处，远处
依然花香满地

六

不能辜负夜晚的诗意
也不能放任这片刻的宁静
而远处，不能到达古堡的山巅
听着鼓声和柔软的音乐，慢慢老去

如画的山坡

如诗的梯田

悬挂在山水间

随风抖落着清香

把四月弄得如油菜花般

留住人们的脚步和眼神

有人说诗心不是远方而是平常

"曲径通幽处禅房花木深"的境地

若拥"行到水穷处，坐看云起时"的胸襟

寻常日子也会生动如歌

黄昏的记忆在四月疯长

长成一个个故事

悄悄诉说，四月

和四月以后的夕阳

七

四月的乡味在灶台上

散发出扑鼻的香气，在乡村里弥漫

香气中暗藏一个村庄祥和的细节

述说乡村殷实的模样

所有的语言

都指向唯一的梦

让时光更舒展些

比牛更壮实，比阳光更妩媚、灿烂
通向梦里梦外的来路更宽敞

一个乡村少年的疼痛，也是一个村庄的疼痛
在瞬间得到舒缓，月光中，虫鸣唧唧
古老的乡村，一半在风中簌簌飘零
另一半，沉浸在春风的沙沙中

八

四月头，雨水将暂时替代我的脚步
一颗躁动的心渐趋平静
一条路镌刻矜持和谦逊
固守的美德和温婉
玉米、茄子、毛豆、黄瓜、西红柿
浑身湿漉漉的，蹲在街道拐角的集市里
在雨水中编织美丽的朴素梦想

四月，请别走那么快
让我缓一缓心跳，放一放爱还有思念

九

今夜，我枯坐村落一隅犹记往事

把时光煮酒，敬这尘世薄凉
请为我打开一扇窗
赏我如你初识的模样

今夜，我将故乡打包，带走
没有你，辜负了这遍地星光
你是一场我遗落在四月的浅梦
而我，注定无法成为你想要的
流浪的远方

看，一切都那么云淡风轻
暖暖的空气徐徐流动
一双双充满爱的眼睛目不暇接
走走停停，手拉手的旅程
满园都是盛情
关不住的春色
于人间徘徊

十

最美人间四月天
阳坡潮湿处，一抹零星嫩绿
着实吸引着众人目光
枝头已经柔软到一定高度

谁不经意间一碰，花就会开满一树

四月在谷雨里滋长，溪水流云
氤氲不再
心中早已升腾起柔柔的春光

四月在熏风中，炊烟袅袅
庄农汉悠扬的花儿漫过心坎
流淌出浅浅忧伤

四月在远足下，清风徐徐
那荒芜繁盛的蹉跎
化作春天最美的诗行

最美人间四月天
一半埋在尘土，一半藏在心间
不负春光不负卿
如果人间四月没有爱情
便犹如没有鲜花和草地

忆敦煌

斜阳驿道素月关山，纵横三千里
在广袤原野上，古老的图腾汇成一幅流动的字画

翩跹曼舞，驾锦云一飞冲天
从茹毛饮血的时代跨越百年大漠的风沙
落日悠悠，吟阳关以叠韵
狼烟渺渺，奏琵琶而反弹

皓首穷经，巨子们用巧手完美呈现精品
梦想融入壁画，一颗璀璨的明珠煜耀人间
翠盏玲珑，集列星以流彩
鸣沙五色，落新月而涌泉

历史碎片，丝绸串联古今
胡笳悲鸣，驰汗血于陇原
鸣沙山下，烽燧兀立蜿蜒
月牙泉旁，丝路花雨欢颜
驼铃声声，唐关漫卷霄汉
大漠孤烟，羌笛呜咽哀凄

我愿，成为敦煌一粒尘沙

聆听那段雪满弓刀黄沙百战的泣歌
轮回三年春秋留你衣袂飘飘

孤独一剑傲江湖

马永珍

三月闪着金光灿灿的翅膀飞过满园芬芳，遥远地平线上的太阳愈加庄严和美丽辉煌。巍峨的月亮山影和玉带般的葫芦河就是诗行中最扣人心弦的韵脚。

充满激情但又孤独的诗人正在远远眺望时间的奥秘和命运的真谛，一句句诗行、一首首诗歌从心中呼啸而来、呐喊而至，好像凤凰一般，成群结队落在白纸的期待里，啾啾鸣叫不已，宛如人间天籁！

是时候了，应该告诉你诗人的名字了，他就是张旭东。

黄土地始终以她独特的魅力和难以言尽的神秘孕育她的儿女。诗人张旭东就是黄土地优秀的儿子，他深深地爱着他脚下的大地和父老乡亲。"我必须屏住呼吸，才能

无限接近 / 湛蓝的天空，锃亮的云朵 / 一群牛羊，一眼泉水的欢笑……"（《春之畅想》）读完他的作品才发现他消瘦的身材和笔下丰满的诗意完全不相符。他的《葫芦河》更是把对家乡的热爱体现得淋漓尽致。"葫芦河从西海固的门前走过 / 我坐在小船上耐心等待 / 那朵旖旎浪漫的情花 / 在这块贫瘠的土地上缓缓开放。"

一个诗人，一个长年奔波在黄土地上优秀的诗人，他对家乡的一草一木都是那样熟悉，那样饱含深情。他是一位孤独的行者，他像一个苦行的僧人、一颗温暖的星辰、一把孤独的宝剑，行走在西吉乡、镇、村的道路上，他觉得周围绵延起伏的群山，每道沟、每个梁以及每隔不等距离山头上的城堡，都像诗人自己内心的隐忍，每一处地形地貌都有对应的特别神奇的故事，在山风的吹动下，是那样的巍峨高大，尽显神秘。"云被风赶着，羊被草赶着 / 行走的人被影子赶着。"（《等待》）

"为什么我的眼里长含泪水，因为我对这土地爱得深沉。"他把诗人艾青的诗句当作座右铭镌刻在自己的心里，并用实际行动践行自己的诺言。他是农民的儿子，他熟悉农民的生活，他和父辈一样拥抱一年四季，拥抱五谷庄稼，拥抱丰收幸福。

描写乡村生活场景的诗句，骄傲地占据了他这部诗集的主要部分，读来倍感亲切，诗意盎然。也许，一件再普通不过的农具在诗人的眼里和心里都妙笔生花，诗人赋予它们新的生命。

在《场院里的碌碡》里，诗人写道："碾过天空，天空铺满了星星／碾过河流，河流扬起了浪花／碾过乡愁，故事辛酸沧桑……"试想，如果不是生活的主人，能有如此深刻的感悟吗？如果只是一位过客，肯定不行。

"老家的情结在田野／秋风吹过，金浪翻涌，雁飞高空／一瞬幡然顿悟，泪流满面……"家乡的黄土地不仅给了他生命，而且给了他写作的灵感，他想用文字表达他的孤独、他的爱。他给文字装上翅膀，让它们代替他飞翔，飞出西吉的大山，飞出黄土高原，在中华大地上尽情地翱翔。

诗人是真、善、美本身，诗人是替世界喊疼的特殊群体。诗人张旭东自己说："要用饱满的诗歌理想关注日新月异的社会，只有用真心、真情感悟生命，才有可能创作出接地气的、有思想内涵和艺术品位的作品，才能用自己独特的生命体验，和读者、和时代产生情感共鸣，才能展现出诗歌的时代之美、情怀之美。"他是这样说的，也是这样做的，他是言行一致的人间君子。"不管未来的日子多么遥远／哪怕世界冰冷对我／我依旧以诗之名／暖心如初。"

他是一位新闻工作者，从清晨就开始赶路、采访、写稿，通常忙到凌晨一两点钟，他走访过西吉县十几个乡镇，高强度、超负荷地工作。他走在脱贫攻坚第一线，走在乡村振兴第一线，用手中的笔墨和镜头讴歌中国共产党，讴歌劳动者。

他也是一位富有家乡情怀的汉子。他说，一个民族不能没有英雄，一个时代不能没有楷模，一座城市不能没有榜样。二十多年来，他一直在寻找生活在全国其他地方的西吉籍成功人士。他认为这些人都是点亮西吉精神文明的灯。而他呢？甘愿做个点灯人，向光而行，乐此不疲。随着岁月的沉淀，专门记录在外打拼西吉人故事的《走出大山的西吉人》《故乡他乡》相继出版，这两部优秀图书的问世，是对他最好的慰藉。

他是一位作家，也是一位优秀的诗人。年少成名的张旭东是个不折不扣的多面手：小说、诗歌、散文多有亮相。他最善于写人物报道，书写发生在身边的人和事，书写心底对梦想的种种渴望和追求。

他还是一位优秀的文艺工作者，在担任西吉作家协会主席期间，营造了"作家引导农民创作，农民写农民，农民读农民作品"的良好氛围，培养了一大批文学新人，使农民创作队伍不断壮大，文学社团如星火一般，呈燎原之势，为西吉成为全国第一个"文学之乡"奠定了基础。

他的这部诗集《远去的铃铛》是他对故乡最好的回报。他的诗，是在故乡的烈火里淬炼而成的宝剑，闪耀着耀眼的光芒。

因为敬畏文字，所以他常怀悲悯之心、感恩之情。以笔为旗，为故乡鼓与呼。文字在他的笔下是圣洁的，是高尚的，是天使的化身。越读越喜欢，越读越爱读，每一首诗歌都经得起时间的检验。

后 记

张旭东

上中学时就开始学着写诗，所写的诗歌多以稚嫩的面孔出现。受传统影响，随着人生经验和阅历的丰富，诗歌逐渐有了比较实质的内容。三十多年一晃而过，情感上的复杂，悲欣交集、百感莫名，所写的诗歌也逐渐形成一种自我的风格，当然每句诗都有它的来历和故事。

如果从最初的第一首《少作》算起，到如今，也足以构成个人的心路历程。

写诗即写心。心里有想法、有情感，止不住就想说出来；说出来还不够，止不住就想感慨叹息；感慨叹息还不够，那就大声地唱出来。这些唱出来的就是诗！比如李商隐，他说："春蚕到死丝方尽，蜡炬成灰泪始干。"他爱一个人，除非生命结束，否则不会放弃，就像春蚕，死去才不吐丝，就像蜡烛，烧完才不落泪。可见写诗就是在写心，心里想什么，诗就写什么，别人读懂了你的诗，也就读懂了你这个人，就懂得了你的心。一首好诗，也是一首好歌，不仅能和人分享，而且能单曲循环，百听不厌。

因此我写诗的过程中一直怀着一颗神圣的心，同时还附加一份真诚、一份想象、一份理解和尊重，这样我才能写出生命的本真。

少年时，生活是一座山，山上有座神秘的伊甸园，那里到处是梦幻般的神奇，那里有我激情的渴望。我读着西游，在山水间纵横，在蓝天上翱翔。

大学时，生活是一本书，书中有一片知识的海洋，海洋里蕴藏着我渴求的宝藏。我在那里耕耘着理想，我在那里放飞着希望。

中年时，生活是一条河，一条载着悠悠岁月流淌的河，我在河的这岸，梦在河的那岸。身为纤夫的我，为了梦而艰难地跋涉。

如今，我把我的生活时时用诗表达。这部诗集分为"诗意远方""唯美乡愁""情怀写意"和"西部放歌"四个部分，辑选的一百六十余首诗歌，体现着自己的用心体会和思考。"前世的五百次回眸，才换来一次今生的擦肩而过"，于诗歌也是如此。我是一个比较感性的人，作品亦如此，不只忧天，更忧地，忧劳作、生活，且爱恋在这块土地上的人，那些父老乡亲，那些男男女女，那些庄稼，那些劳苦、喜悦和无法言说的疼，都在我的诗里坚韧地活着。我也在用心体察人间，在用诗感悟生命，只要您理解我、喜欢我，慢慢读、用心读，您一定能感受到其中的内蕴和意味。

感谢西吉县文联，特别是马彦华先生，在我卸任西吉作家协会主席一职时出版本套丛书并把我列入其中，这是非常值得庆贺的一件事，终于可以出一本属于自己的容量较大的诗选了。

感谢长期支持、关心和关注我创作的领导、朋友，正是大家的不吝赐教，本诗集才得以付梓出版，对我个人而言，倍感荣幸！

我谨将本诗集献给美丽的家乡，献给我的父老乡亲！